ゾヤの物語

自由を希求するアフガニスタン女性の闘い

Zoya's Story

An Afghan Woman's Struggle for Freedom

著　ゾヤ
ジョン・フォーリン
リタ・クリストーファリ
訳　泉康夫

高文研

原理主義がもたらす
非人間的な苦しみの犠牲者である
アフガニスタン女性へ

目次

〔本書関連地図〕

ウズベキスタン
（旧ソ連）
トルクメニスタン
タジキスタン
中国
クンドゥーズ
ジャララーラバード
ヤカオラン
トールハム
カーブル
アフガニスタン
ペシャーワル
イスラマバード
マイワンド
カンダハール
クエッタ
パキスタン
イラン
インド
アラビア海
0
200
400km

序章

ハイバル峠の先、アフガニスタンとの国境にあるトールハムに着き、ターリバーンの検問所少し手前で車が止まった。車を降りる前に友人のアービダに手伝ってもらい、シャツとズボンの上からブルカを被って全身が完全に隠れるよう調整した。まるで袋に放りこまれたような気分だ。小山のような安物の青いポリエステルの中で思い切り弾みをつけ、車外へ踏み出した。

検問所は一〇〇メートルほど先にあり、その向こうの祖国を束の間眺めた。私はパキスタンで五年間亡命生活を送っていて、今回が初めて自分の国に帰る旅だった。乾燥して灰色がかった山々を牢獄の格子を通して見ていた。目のところ、メッシュの小さな穴にまつ毛が引っかかった。空を見上げようとして、目が布地とこすれた。

ブルカは重く、まるで死装束《しにしょうぞく》のよう。六月の陽ざしで汗をかき始めていて、汗ばんだ額に布地が張りついた。少し前につけた香水――私の小さな抵抗――は、たちどころに蒸発した。ついさっきまでは何の苦もなく自然に呼吸していたのに、俄《にわ》かに息苦しくなった。誰かに酸素の供給を断たれたかのようだった。

検問所に向かうジャヴィッドを追った。ジャヴィッドはマハラムを装っていた。マハラムとは近親の男性のことで、その付き添いなしに女が家の外に出ることをターリバーンは断じて許さなかった。そばに誰かいても、私からは何も見えない。足元の道ですら見えない。常にブルカで全身を隠し、足や手さえも人目にふれてはならないというターリバーンの布告のことばかり考えていた。ほんの少し歩いただけでつまずき、転びそうになった。

ようやく検問所のそばまで来ると、ジャヴィッドがターリバーンの警備兵の一人に近づいていくのが見えた。警備兵の肩にはカラシニコフ銃（世界で一番使われている自動小銃）がぶら下がっている。ムジャヒディーンと同じくらい荒々しく見えた。ムジャヒディーンとは、子どもの頃に目にした兵士のことだ。「聖戦」を闘っているとかで、目は狂気を帯びていてひげは汚らしく、着ている服はひどく垢じみていた。警備兵は頭の後ろに手をやって虱《しらみ》――に間違いない――を摘まみ出し、爪で挟んでぷちっと圧《お》し潰した。祖母がムジャヒディーンについて言っていたことを思い出した。「あいつらがわが家に来たら、おばあちゃんを殺す手間なんてちっともいらないんだよ。あの狂暴な顔を見た途端、おばあちゃんはその場でお陀仏しちまうからね」

ターリバーンから行き先を聞かれ、ジャヴィッドが答えた。「この二人は娘です。私は病気の治療でパキスタンに行ってました。今その帰りでして、これからカーブルに戻るところです」私は身分証明書の提示を求められなかった。聞くところによると、ターリバーンにとってはブルカこそが女に求める唯一のパスポートなのだそうだ。

仮に私のバッグを開けるよう命じられていたら、着替え何着かの下に紐で結わいて押しこんである秘密組織――私が所属するアフガニスタン女性革命協会――の印刷物一〇冊が見つかってしまったことだろう。そこには、何度見ても胸の悪くなるような写真が載っていた。石打ち刑、公開絞首刑、窃盗の罪で告訴された男の手足切断――十代の子たちには、切断された手足を観衆に見せて回る仕事が任された――、火あぶりの刑を前に油を浴びせられた犠牲者の拷問場面、ターリバーン軍通過後に残された集団墓地などの写真だ。

ターリバーン軍政権が仕出かしたこれら犯罪の一覧は、カーブルにいる仲間からの報告に基づいて取りまとめたものだ。いったんこっそりとカーブル市内に持ちこまれた写真は何千回もコピーがくり返され、できるだけ多くの人に配られる。

しかし、バッグの検査はなかった。つまずいてはよろけ、私の人としての尊厳は息を詰まらせながら検問所を通過し、アフガニスタンに入国することができた。

私は女であるため、カーブルへの出発に向けて待機している泥だらけのトヨタ・ミニバスの運転手に声を掛けることはできず、ジャヴィッドが運賃を聞きに行った。アービダと私は乗りこみ、ほかの女性たちとともにできるだけ後ろの席に座った。出発の許可を得るには、ターリバーンがミニバスに飛び乗って乗客の誰にも不審な点がないか確認するのを待たなければならなかった。ターリバーンにかかっては、白のソックスを履いている女性でさえ疑いの対象だった。その馬鹿げた決まりでは、誰一人として白のソックスを履くことはできないのだ。白はターリバーンの旗の色であり、足のような、体のそんな下の方にある部分をおおうために白い色が使われることは侮辱だからだ。長く乗っていればいるほどブルカのヘッドバンドがきつくなり、頭痛がしだした。汗で湿った頬に布地が張りつき、吐き出した息は鼻先に熱く留まったままだ。座った席は後輪のちょうど上で、空気は薄く、熱気はうだるようだった。前の席に座った男たちの洗っていない足と汗の悪臭がガソリンの臭いと混じり合い、益々気持ち悪くなった。終《しま》いには、戻してしまうのではないかと思ったほどだ。頭が破裂しそうな気分だった。

水はアービダと私とでボトル一本だけだった。ブルカの前をまくり上げ、一口すすろうとする度に水は顎を伝い落ちて服を濡らした。持ってきていたアスピリンを何錠か飲んではみたものの、気分は少しも良くならなかった。段ボールの切れ端で扇いで風を送ろうとした。しかしそのためには片方の手で布を摘まみ上げて顔から離し、もう一方の手でブルカの下から扇がなければならなかった。前の座席の背もたれに足を突っ張り、下から外気を足に当てようとした。ミニバスはスピードをろくに落とさずに急カーブを切っていて、体を横に持っていかれまいと必死だった。もしも車が断崖絶壁から谷底に転落したら……などと想像しないようにした。

アービダに話しかけようとしたが、話の内容については気をつける必要があった。口を開く度に、汗でびっしょりになった布地がマスクのようにべったりと口をふさいだ。アービダも私と同じくらい熱《ほて》っていたが、肩に頭を預けさせてくれた。

ブルカの意味を本当に理解するようになったのは、この路程を通してだった。周りに座っている女性を盗み見て、この人たちを「後れている」——子どもの頃はそう思っていた——とはもはや考えていないことに気づいた。皆、無理やりブルカを着せられているのだ。着ていないとなれば鞭で打たれたり、鎖で叩きのめされたりするからだ。女としてのアイデンティティーを隠すよう、自らの性を恥じるようターリバーンに強要されたために、体の一センチばかりであっても人目にふれるのが怖くてならないのだ。ターリバーンは愛の意味を知らなかった。彼らにとって女は、単に性処理の道具でしかなかった。

ブルカのメッシュとミニバスの泥まみれの窓を通して目にした山並みや滝、荒れ野、貧村、破壊されたロシア軍戦車は、ほとんど印象に残っていない。いつになったらこの旅は終わるのかと、先のことばかり考えていた。カーブルまでの六時間、女が外に出ることは許可されなかった。ミニバスは祈りの時間だけ停車し、男だけがミニバスから出ることを許されて道路脇で祈りを捧げた。ジャヴィッドも同乗の男たちと降りて祈りを捧げた。私は、ただ待つほかなかった。

第1部

ロシアからのプレゼント

第1章

雪のカーブルの美しさはいつだって格別だ。家の前の通りの腐りかけた生ごみの山――近所の人が泥土の家の外で飼っている痩せこけた鶏や山羊の唯一の餌――でさえ、夜通し降った雪で真っ白くおおわれると美しい。

その年の一二月、私は四歳だった。そして雪の中、何人かの子たちと遊んでいた。雪玉をよけようと、互いに押し合いへし合いしていた。雪玉をよけるのは、そう簡単ではなかった。大人三人が肩を並べてやっと通れるくらいのとても狭い通りだったからだ。一人の子が何か買いたくなって、遊びはいったん中止になった。私ではない。お金は持っていなかった。もっともわが家の近くのこのお店は、お金を払うのが次の日になってもたいていは待ってくれた。その小さなお店に皆でどっと押し寄せた。

中に入ると、女のロシア兵がいた。カーブル市街を行進する兵士と同じで、暗緑色の軍服を着て大きなブーツを履いていた。その人は私を見ると、「はい」とでも言うように手を開いた。ぴかぴかの黄色い包み紙のチョコレートだった。好物の一つだ。

女性兵士は私の前にそびえるように立って何か言ったが、理解できなかった。ロシアの侵略者のこんなに近くに来たのは初めてだった。

どうしたら良いかわからず、その人の顔をじっと見た。モージデ（良い知らせ）と名づけた私のお人形さんそっくりで、金色の髪と白い肌、そして緑色の目をしている。気をつけるようにと祖母が話していた、そういう顔だ。「怖いんだから」強い調子で祖母は言っていた。「アフガニスタンを占領した侵略者なの。その手は、アフガニスタン人の血で赤く染まってるんだよ。ロシアの侵略者が何かくれるって言っても、もらっちゃだめよ。いっしょにどこか行くのもだめ」しかし、祖母が話していたのはいつも男の人についてだ。女の人について何か言ったことはない。

女性兵士がすぐそばに来て、チョコレートを差し出した。血がついていないかと、手をじっと見た。その手にさわったら、自分の手にも血がつくかも知れず怖かった。どんなに洗っても、血は落ちないのではないかと思った。血はついていなかった。「いりません」私は言った。女性兵士はちょっと笑って何か言ったが、私には理解できなかった。

すると女性兵士はお店のおじさんに何か告げ、おじさんが私に話しかけてきた。「お嬢ちゃんのこと、気に入ってるみたいだよ。このチョコをプレゼントに受け取ってもらえないかってさ。もらったら？」

もしもロシア兵に話しかけられたら、こう言えと祖母から聞かされていたことをそのまま言った。「ええと、もしこの人がロシア人なら、私の国から出ていってって伝えて」そう言って、私は通りに出た。

すると、女性兵士は私の後をついてきた。振り向くと、目の前で立ち止まった。女性兵士は泣いていて、ポケットからハンカチを出して目に当てた。

侵略者が泣くのを初めて見た。悪いことをしたような気がした。チョコがほしいと同時に、もしもらったら祖母にどう思われるかと心配だった。「ちょっと待ってて。おばあちゃんのとこ行って、このチョコもらってもいいか、何て返事すればいいか聞いてくるから」と言いたかった。しかし言葉は喉につかえ、逃げるようにして家に帰った。

わが家に沿って流れる小さくて臭いどぶ川――近所では下水溝として使っていた――を飛び越え、ペンキの剥げかかった青い鉄のドアを押し開け、花が咲いたことのない庭――そう私は呼んでいた――を横切った。

靴を脱ぎ捨て、色鮮やかな絨毯を駆け抜け、祖母がいつもいる場所に急いだ。祖母はわが家の居間の隅でほぼ一日中、髪を小さなヴェールでおおい、絨毯の上に敷いたトシャック――人が五人座れるくらいの大きさのマットレス――に座って過ごす。乾燥した泥土の壁に寄りかかっていることもある。祈りに使う数珠《じゅず》のタスビーは一日中手から離さず、喘息のスプレーとリウマチ薬をそばに置いていた。祖母ほど長く祈る人を見たことはない。ほかの人はといえば、二分ばかり祈ったかと思うともう立ち上がっていた。しかし祖母は、普段は壁際に丸めてある特別の祈祷用マットを敷いて、三〇分は祈ったものだ。祖母に何かもらいたかったり、いっしょに散歩に出かけたくても、お祈りが終わるまでずっと待たなければならなかった。

クルアーン（アラビア語で「読誦すべきもの」の意。イスラム教の聖典で、コーランとも）――手を洗ってからでないとさわらせてくれなかった――も手の届くところ、小さな木のテーブルの上に布に包んで置いてあった。祖母は体が弱っていて、立ち上がるのが大変だった。そのため野菜の皮むきから日に五回のアッラーへの祈りまで、すべて同じ場所でこなしていた。台所仕事となると動きがとても鈍く、食事ができるまでずい分かかった。

しかしこの日、祖母はマットレスでお昼寝していた。起こそうとはしなかった。普段からよく眠れないと言っていたから。祖母の前に座り、できるだけ静かにしていた。時間の過ぎるのがとてもゆっくりだった。祖母の茶色い数珠を手にとってしばらく遊んだ。お祈りとなると祖母はぼそぼそと何かつぶやき、数珠玉を指先で爪繰《つまぐ》る音がかちかち鳴った。何を言っているのかと、聞いたことがある。何度も何度も私の名前をくり返しているのだそうだ。私は真に受けて、祖母が私の名前を一日中つぶやいていると知ってうれしかった。

私は女性兵士のことをずっと考えていた。何か間違ったことをしてしまったみたいで、恥ずかしい気がした。ようやく祖母が目を覚まし、何があったか伝えた。「おばあちゃん、女の人泣いてたの。私、悪いことしちゃったのかな？　いらないって言ったのは、いつもおばあちゃんが断るようにって言ってたからよ。でも、もしかしてもらった方が良かったんじゃないかな？」

「娘や」と祖母。祖母が私を呼ぶときは、いつも「娘や」だった。「受け取るのは、相手が女だからとか泣いてるからとかでじゃないんだよ。ありがとうとは言うべきだったね。でも、チョコレートを断ったってのは正しかった。もちろん、ロシア人がみんな悪いってんじゃないよ。中にはお前やおばあちゃんみたいな人もいる。ただ忘れちゃいけないのは、招待されてもないのに人様の国へ侵入してきて、アフガニスタン人を自分たちのいいようにしてるってことなんだよ。召使いにしたいのさ。アフガニスタンの山々からこの上なく貴重なもの（旧ソ連によるアフガニスタン侵攻の真の理由は、豊富な地下金属資源への関心にあったとも言われている）を盗もうとしてるんだ。でも、自分たちの未来は自分たちで決めたいだろ？」

ロシアは過去三年間、アフガニスタンを占領していた。侵攻してきたのは一九七九年一二月。私が一歳のときだ。血みどろの軍事クーデターで権力を掌握したマルクス・レーニン主義者政権の支援を口実としての侵攻だった。アメリカと中国に後押しされたイスラム教原理主義者にアフガニスタンが制圧されるのではないかと恐れてのことだった。実際、イランではシャー（「王」を意味するペルシャ語）の王政が原理主義者によって打倒されていた。ロシアの侵略者と闘うためにムジャヒディーンが支援をアメリカに求めたことで、アフガニスタンは大国による冷戦に引きずりこまれていたのだ。

両親がそれぞれ育った家は、これ以上ないくらい違っていた。父はアフガニスタン南部の町の出身だ。母同様、アフガニスタンの伝統的支配者であるパシュトゥーン族の出で、ペルシャ語を話した。しかし母——両親が学校に通わせてくれ、大学にも上げようと考えていた——は、父の家族を高く評価してはいなかった。父の家族は「後れている」と母は考えていて、わが家に父方の親戚が来たことはない。

「お父さんの親戚って、女の人はみんなヴェールを被ってるのよ」母は言っていた。「あっちの親戚はね、数頭の牛とか羊の値段で娘を嫁に出すのはごく当たり前なの。お前のお父さん、おじいちゃんとはひどく言い争ってたわ。お父さんがまだ子どもの頃、おじいちゃんは二人目、三人目の妻をもらったって言ってね」

両親は遠い親戚で、見合い結婚だった。それが慣習だった。しかし、結婚の祝い方は少しも慣習通りではなかった。披露宴は普通、まる一週間続く。最貧困の家族でさえ、巨額の借金をして花婿と花嫁双方に別々の祝宴を張り、一〇〇〇人以上の招待客に料理を振る舞う。三〇〇人ばかりの客では少なすぎると考えられていた。そして花嫁は毎日、新品の高価な婚礼衣装をまとわなければならない——衣装はその日ごとに違う色で、花嫁はまるで虹を渡るかのよう。

母が結婚したのは一八歳のときで、辺鄙な村々の伝統——新婚夫婦は初夜に使ったシーツを家の外に掲げ、花嫁が処女であったことが血の染みから村人にわかるようにしなければならない——そっくりの、こうした事すべてが馬鹿げていると母は考えていた。

披露宴はこじんまりやると言って、母は一歩も譲らなかった。結婚の良し悪しは結婚式に使うお金の多寡で決まるものではないと母は言った。式当日は美容院にさえ行くまいと腹を決めていた。「ものすごい厚化粧をされて、体重が五キロくらい増えちゃうんだから」と冗談を言っていた。

花嫁の考え方は、父の親戚にとって進歩的すぎた。こじんまりした披露宴は、花嫁が未亡人か花嫁に何かまずいこと——例えば、病気だとか——がある場合だけだという人もいた。しかし父はカーブルで生物学を勉強していて、親戚の中できちんとした教育を受けた最初の人だった。父は母を支持した。父は簡潔なことが好きだった。父がお金について話しているのを見た記憶はない。両親は自分たちが思った通りに事を進め、結婚式に呼んだ招待客は四〇人だった。

両親は、私が育った家で結婚式を挙げた。硬い泥土の壁の暗い部屋——遊んでいると、古くなって乾いた土のかけらが時々天井から降ってくる——が四つあるきりの家だ。式は瞬《またた》く間に終わった。アフガニスタンには、花嫁と花婿は隣り合って座り、お互いを初めて目にするのは二人の前に置かれた鏡を通してでなければならないという慣《なら》わしがある。しかし両親の家族は、結婚式の数週間前に二人が会えるようお膳立てをした。二人は二言三言交わし、父は母に金の婚約指輪を贈った。

両親の結婚式に鏡はなかった。母は、父の隣にただ座った。淡いピンクのワンピースを着て、身に着けた宝石は父から贈られた指輪とイアリングだけ。両手にはヘナ（ヘナは植物名で、植物繊維をすりつぶして水に浸して作られるペイント。伝統的には、花や葉、勾玉模様、渦巻きなどが描かれる。ヘナは幸運と喜びをもたらすと考えられ、結婚式で花嫁の手と足に描かれる）さえなかった。

清潔な白の衣服をまとったムラー（イスラム聖職者やモスクでの指導者の呼称）がやってきて、結婚を望むかとまず花嫁に、次いで花婿に尋ねる。両者に三度ずつ尋ねる——返答しないで黙っていても、「はい」とされる——のがしきたりだ。最後に二人は一枚の紙に署名し、それでお終《しま》い。披露宴はほんの一日だけだった。招待客は国民食のカーブリライス——鶏肉、キャベツ、人参、レーズン、アーモンド、そしてピスタッチオの入った炊きこみご飯——、パン生地の間にジャガイモを挟んで油で揚げたブラーニ、そして最後にデザートと果物を食べた。祖母によると、葬式のような結婚式だったと父方の親戚は言っていたそうだ。

父と母は見合い結婚だったが、次第に愛し合うようになった。父は最初から母の権利を尊重した。アフガニスタンの男の多くは、自分の妻が学校に通っていたり働いていたりすると、結婚した瞬間からすべて投げ出して家に入るべきものと固く信じている。父はそんな条件は出さなかったので、母はロシアが建てた大学で文学の研究を自由に続けることができた。母には広大な土地とたくさんの馬を所有する求婚者が二人ばかりいたが、申し出を断っていた。考え方があまりに古かったからだ。父は、妻を一人以上めとろうとは夢にも思わなかった。

両親が、私の前で何か愛情表現をするということは滅多になかった。母は愛の詩を読むのが好きで、父の前で朗読することもあった。キスするところは見たことがない。母は夜遅くになって疲れが溜まっていると、マッサージしてくれるよう父に頼んでいた。私もそばにいさせてくれ、母がベッドに横になると、父はまず頭をマッサージした。続いて首、肩と、寝巻きの上からマッサージしていた。

祖母の話では、私が生まれると父方の親戚の多くがまた不平を鳴らしたという。私が女の子だったことにがっかりしたのだ。私は両親の最初の子で、ほとんどのアフガニスタン人にとって、第一子は男の子であることが重要だからだ。昔ながらの村では、生まれた赤ちゃんが男の子だと家族から歓声が上がる。「男の子だぞ！　生まれたのは男だ！」そのうちに銃を空に向けて発砲し、祝福する。親戚や友人がプレゼントとしてお金を持ってきて、赤ちゃんや母親のベッドに押しこんでいく。男の子の方が女の子よりもたくさん食べさせてもらえるといった家もある。

女の子が生まれても、歓声は上がらない。両親を祝福しようと、家に駆けつける人はいない。そして、ベッドのお金もさほど多くはない。人は母親のところにやってきて、こう告げる。「心配ないわよ。次は男の子が生まれるから」

父方の家族は男の子がほしかった。男の子なら女の子よりも強健に育ち、母親は年老いたら息子の家に行って厄介になることができる——娘についてはそんな慣習はない——からだ。しかし父は親戚と言い合い、男の子と同じくらい私を大事にすると言って引かなかった。

父は私にいつも言っていた。「大きくなったら、お医者さんにならないとだめだぞ。でなけりゃ、いい先生になるって道もあるな。外に出ていって、人の教育に当たるんだ」父はとてもたくさんの計画があって、母は笑って言ったものだ。「娘はたった一人なのよ。そんなたくさんの夢、叶えられるわけないじゃない」父は真面目な顔をして答えていた。「見てろよ。この子はきっと、何かすばらしいことをやってのけるぞ。この子にはそういう資質みたいなものがあるんだ」

私が女の子であることについて祖母に尋ねると、こう言った。「とてもうれしいさ。お前はおばあちゃんにとって息子であり娘でもあるんだよ。将来はとても強い人になってほしいね。女だからって馬鹿にされない人にね」

どういうふうに私は生まれたのか祖母に聞いてみた。

「ある日、通りを歩いててね。店のショーウインドーにいる、とってもべっぴんさんの赤ちゃんが目に入ったのさ。立ち止まって、じっと見てた。そして店に入っていって、店の主人に言ったんだ。お金はないけど、どうかこのかわいい子を譲ってもらえないかって。でも、店主は『うん』とは言わなくてね。お前はとても値段が高かったんだよ。そこで通りに出て物乞いをしたのさ。お金を貯めて、それからお前を買ったってわけだ。そうやって、お前は生まれたんだよ」

自分が値段の高い赤ちゃんだったと聞いて、誇らしかった。

第2章

母はいつも家にいなくて、物心ついたときからさみしい思いをした。母は背が高くて痩せ型。目は大きくて瞳は黒く、美しい黒髪をしていた。時間があれば鶏肉か羊肉の炊きこみご飯など、何かしら特別な料理を作ってくれた。そして、かくれんぼや目隠し鬼をして遊んでもくれた。母がずるして目隠しのスカーフの下から覗いているのはわかっていたが、気にしなかった。

しかし母はほぼ毎日、朝早くに家を出て、夜遅くなってから帰ってきた。とても疲れていて、仕事が大変なのが一目でわかった。だから、外で何をしているのか尋ねようとはしなかった。母は昼間、私の相手をすることより何かもっと大切なことがたぶんあるのだということはわかっていた。しかし晩になれば家にいて、私が独り占めできることもわかっていた。昼間は母を諦めることにした。

誰かが母を訪ねてきたら、留守と伝えるようよく言われた。母は仕事のことについて私の前では話したがらなかったが、母方の親戚がその仕事を快く思っていないことには気づいていた。母の姉、ナシーマおばさんもその一人だ。おばさんは母とは全然違っていた。おばさんはその姿が見える前に庭の向こうからハイヒールの靴音が聞こえてきたし、毎回来る度に違う服を着ていた。そして、明るい赤の口紅をくり返し引き直していた。おばさんは贅沢が好きだった。

ある夏――私は五歳だった――のこと、ナシーマおばさんがわが家でお茶をしながら母に話しかけるのが耳に入った。「ご主人と娘さんのこと考えなくちゃね。ちゃんとした仕事に就くべきじゃない？　そうすれば家族だっていい物に手が届くし、あの子のためにももっと時間を割くことができるわ。何て言ったたって、一人娘なんだから」

「指図しないでちょうだい。自分のことは自分で決めますから」母が答えた。

「でも、何が身に降りかかってくるかわかったもんじゃないのよ。最近は警察も諜報機関も動きがすごく活発だし。それに、あんたが出かけていく先はどこも危ないとこばかりじゃない！」おばさんは執拗だった。

言い合いがとても激しくなり、私は部屋を出ようと立ち上がった。両親は、大人が大声でやり合っているそばに私がいると好い顔をしなかったからだ。しかし歩きかけてすぐ、母が話を打ち切った。「もうたくさん。時間の無駄よ。私から時間を取らないで」

ナシーマおばさんが大声で母に話すのが腹立たしかった。母に向かってあんなにずけずけ言う権利なんておばさんにはない。ナシーマおばさんが警察と諜報機関について言ったことの意味は全然わからなかった。

ナシーマおばさんが帰って、母が家を出る支度を改めてしだしたとき、思い切って聞いてみた。

「母さん、どうしていつも疲れてるの？　それと、どうして私のそばにいつもいてくれないの？　よそのお母さんはいつだって家にいて、自分の子といっしょだよ」

「ゾヤ、ごめんね。でも、仕事がいっぱいあってね。家にいてお前のそばにいることができたらって思うんだけど、片づけなくちゃならないことがとてもたくさんあるの」

弟とか妹がほしいなどと言ったことはない。しかし祖母が、もう一人儲けるべきだと両親に話しているのを耳にしたことはある。「大家族に勝るものはないんだよ。そうやってあんたたちの名も後々語り継がれていくんだからね」

どうしてもう一人ほしくないのかと母に聞くと、笑みを浮かべて答えた。「ゾヤ一人で手いっぱいでしょ！」母はまともに取り合ってくれなかった。もう一人育てるだけの時間も余裕もないことは母にはわかっていたのだと、今になって思う。しかし私以外に子どもはほしくないと聞いて、うれしかった。弟や妹へのやっかみを抑えられないだろうし、兄弟仲良く何かを分け合うだなんて真っ平だったから。

私と過ごす時間がほとんどない母は、近所の母親とは違っていた。とはいえ、わかっていたのはそれだけだ。ほかの子と違っていて、悲しかった。よその子たちの父親は毎日仕事に出かけた。私の父と同じだ。しかし、母親は子どもといっしょに家にいた。母の帰宅前に祖母から寝るように言われても、いつも寝つけなかった。祖母はあまり当てにならなかった。祖母自身、不眠症を抱えていたからだ。それでいて、平気を装っていたけれど。

「娘や、さあ、もう寝なさい。お母さんが戻ったら、無事なことはおばあちゃんがこの目で確かめておきますからね。お母さんは大事なお仕事をしてるんですよ。お前もいつか、お母さんのようにならなくちゃね」

ナシーマおばさんがわが家に来てから数週間後、わが家の平たい屋根の上で私は父と凧揚げ——一日中いっしょにいられるなんて滅多にない——をしていた。春の陽ざしで乾燥させようとトマトが隅に広げてあって、踏み潰しやしないかと気が気でなかった。そのとき、通り側の土塀のドアを叩く音がした。私は幼すぎて上手に凧を揚げることができず、糸から手を放してしまうことがよくあった。凧は尻尾を振り振り、さようならしながら空に舞い上がった。モスクの尖塔やドームの遥か上、カーブルを囲んで私たちを見守ってくれているような山々の上までも飛んでいった。

そんな私を父が叱ることはなかった。それどころか、近所のお店に買いに行かされた鮮やかな青、赤、緑の紙を使って、新しい凧を作ってくれた。カーブルの空には、いつだってたくさんの凧が舞っていた。何百もだ。鳥よりも凧の方が多いくらいだった。凧は互いに攻撃（どの凧も糸にはガラスの粉などを塗りつけてある）し合い、父は空《くう》を切って別の凧の糸を切る名人だった。糸を切られた凧もずんずん上昇し、やがて見えなくなった。

わが家の小さな庭と通りを分かつ土塀のドアに誰が来ているのか見てくるよう、父に言われた。私は梯子をゆっくり下り、ほこりっぽい庭を横切った。ドアを開けると、汚れた黄色いブルカの女の人がいて驚いた。一人で立っていた。

カーブルの街角で、ブルカに身を隠した女の人をよく見かけた。すごく変だった。そのすぐそばを、お化粧してミニスカート、若くてきれいな女の人たちが腕を組んで楽しそうに歩いていたからだ。一九五九年に当時の首相や政府高官がヴェールを被っていない妻や娘を伴って公の場に現れたとき、暑くて息苦しいヴェールを被る必要はないという権利をアフガニスタン女性は手にしていた。これに対してムラーは暴動を引き起こしたが、軍隊に制圧されてしまった。

五年後、新憲法で男女平等が謳われた。しかし宗教指導者は、女性の社会進出を認めなかった。そして傀儡政権が夫を自由に選ぶ権利を女性に認め、さらに一九七〇年代後半になって女子教育を義務化すると、特に農村部でのムラーの怒りは烈《はげ》しく、政府の存続は危機に瀕した。政府は、ロシアに支援を求めることにした。

ブルカをじっと見つめ、どんな顔が下にあるのだろうと想像したものだ。どうしてブルカを着ているのか女の人たちに質問したかったが、聞こうとしたことはない。ブルカを着た人がわが家にやってきたことはそれまでなかった。遠くの村の読み書きができない女の人だけが着るものだと、両親は言っていた。ブルカは物乞いが着ていて、売春婦も顔を見られたくなくて着ていた。

目の前の女の人を中に入れたくなかった。ブルカの顔のところにある網目の部分を食い入るように見つめたが、目と眉の一部、それと鼻のてっぺんが見えただけだ。目の色もわからなかった。誰なのかわからず、どうしてこんなふうに身を隠しているのだろうと思った。

その人は奇妙な声で言った。男の人のような低い声だった。

「ゾヤ、私のかわいいゾヤ。どうして中に入れてくれないの？」

私の名前を知っていることにぎょっとした。ドアを閉めて父のところに駆け戻りたかった。すると、女の人はどぶを跨いで庭に入ってきた。そしてドアを閉め、いきなりかがんで一気にブルカを持ち上げて脱いだ。土ぼこりが上がって顔にかかり、目に入って痛かった。女の人は私を見てにこにこしていた。

母だった。ほっとして母をハグし、香水の匂いを嗅ごうと首元に鼻を押しつけた。騙されたことでむっとしていて、それを母に向けた。「母さん、どうしてこれ着てたの？」母が腕に提《さ》げているブルカを指さした。ブルカを着ている人を通りで見かける度に、「ブルカは嫌い」「重くて、よけい疲れるだけ」と母は言っていたからだ。

「とてもすてきだからよ」と言って、母は笑った。

冗談だということはわかったが、本当の理由は教えてくれなかった。母が私の後について父のいる屋根に上がってくると、ブルカのことはとっくに忘れていた。両親とも、独り占めだった。父ほど上手ではなかったが、母も凧揚げを楽しんだ。

これが、ブルカを着ている母を見た最初の記憶だ。母がブルカを着るのは身を守るためだったと知ったのは、ずっと後になってからのことだ。それとまったく同じ理由で、カーブルばかりでなくアフガニスタン全土、私も含めたすべての女性がブルカを着なければならない日が来ようとは思いもしなかった。

カーブルでのムジャヒディーンとロシア軍の戦闘についての最も古い記憶は、一九八四年二月のある夜のことだ。私は六歳だった。ベッドで、はっと目が覚めたことを覚えている。私はたいてい、鶏の鳴き声とモスクからその日最初の礼拝を呼びかけるアザーンの声で少し目が覚める。祖母はアザーンが聞こえるとベッドから出て、祈祷用マットにひざまずいて祈り始める。そして、私は二度寝に入る。

しかし、このときは違った。鶏でもアザーンでもなかった。聞こえるのは、白アリが小さな顎でテーブルや椅子を食べるときのがりがりという切れ目のない音だけだった。白アリはとんでもない腹減り虫で、私が絵を描いていると椅子のひじ掛けがぽろりと落ちることもあった。白アリには慣れっこになっていて、私の寝室を共有することについては気にしなかった。何で目が覚めたのかはっきりしなかったが、少ししてわかった。何か重いものが地面にずんと打ちつける音がした。しばらくして、ずん。そしてまた、ずん。近いのか遠いのか見当がつかず、一人でいたくなかった。それで毛布を跳ねのけ、寝巻きのまま裸足で部屋を飛び出した。身を切るような寒さの庭を横切り、祖母の部屋に走った。そして祖母のベッドに転がりこんだ。

祖母は耳が遠く、ぐっすり眠っていた。揺すって起こすと、驚いたような顔でつぶやいた。「何？どうしたの？」

「いいから聞いて。あれ、何？」

そこへ、また音がした。祖母に抱き寄せられた。祖母の胸は大きくて温かで、市場で買ってきたタルカムパウダー（滑石粉にホウ酸や香料を加えた粉末。汗止めなどに用いる）の匂いがまだしていた。お腹はとても大きくて柔らかく、ナーン（イースト菌を入れずに焼いたパン）の生地のような感じだった。たいていはお団子に結っている、白髪交じりの長い髪の匂いが好きだった。「大丈夫よ。ここでいっしょに寝なさい」

「でも、何なの、あれ？」

「何でもないから、心配しないで。さっ、寝なさい」祖母は私を寝かしつけようと、柔らかくてやさしい声でお話をしてくれた。美しい妖精と、妖精を独り占めにしたかった王様の物語だった。

翌朝、聞こえてきた音について両親が教えてくれた。兵士の訓練だったそうだ。しかしそれからはほぼ毎晩、祖母のベッドか、祖母の部屋に運びこんだ自分のベッドで寝るようになった。夜は両親ではなく、祖母のところに来るよう言われたからだ。両親の邪魔になるかも知れないし、お前がいつもそばにいてほしいから、と。喜んで言われた通りにした。両親といるよりも、祖母といっしょの方が気が楽だった。

音の正体については祖母や両親から聞いていたものの、怖い夢を見るようになった。いつも同じ夢だった。私は山のてっぺんにいて、自分で飛び降りようとしたのか、誰かか何かに押されてなのかはわからないまま、突然空中を落ちていきそうになる夢だ。落ちる寸前、目が覚めた。

数日して、また音が聞こえてきた。私は居間に座って、市場で目にした鳥かごの絵を描いていて、祖母は台所——家ではいつも、お米や豆、何かの野菜を調理している匂いが漂っていた——にいた。と、そのとき、窓ガラスにひびがジグザグに走った。いっぺんに二枚もだ。家中が揺れ、体も揺れ、びっくりして手から色鉛筆が滑り落ちた。

少しの間、身動き一つできずに窓をただじっと見ていた。どうして窓ガラス二枚に同時にひびが入ったのか訳がわからなかった。誰かのいたずらで、私たちをただおどかすために石を二ついっしょに投げたのだろうか。庭には誰もいないのに。

祖母が部屋に走りこんできて、私をやさしく抱え上げた。その後はもう、絵を描きたいとは思わなかった。窓がもっとひび割れするのだろうか、割れたガラスが頭の上に降ってくるのだろうかということばかり考えていた。

後に、祖母が砲弾について説明してくれた。カーブルを囲む山々から飛んでくるのだそうだ。ある家に落ちて爆発し、就寝中の家族全員が亡くなったという。それからというもの、電気は点けたままで寝ると言って私は聞かなかった。私は今でも、電気は消さずに寝ている。

ロシアによる占領が続いた数年間、ずんという音を何度も耳にすることになった。ムジャヒディーンがカーブル近くに迫り、カーブル郊外や、稀にカーブル市街を砲撃するときはいつも聞こえた。ロシア軍は少しの間どうにか押し返したが、その後地方軍閥は再びやってきて砲声が轟いた。

冬の間はぐっすり眠る（厳冬期には氷点下一〇℃まで下がる寒さのため、冬は戦闘が行なわれなかった）ことができた。家族全員が同じ部屋で、わが家でただ一つの暖房器具であるサンダリ（アフガニスタンの炬燵）に入って寝るからだ。祖母は小さなテーブルの下に白熱電球を置き、テーブルの上に毛布を何枚か掛けた。そして家族四人で毛布の下、四方から電球に足を伸ばした。電球の熱で暖かかったが、火傷しないよう気をつけなければならなかった。サンダリ――祖母からは、これがあるとお前は怠け癖が顔を出すと言われた――のお陰で、冬の最初の日が待ち遠しかった。サンダリを囲んでお茶を飲み、おしゃべりをして過ごす時間がいつも楽しみだった。

サンダリから出たくなくて、歯磨きに行ったり、寝巻きに着替えたりすることさえ億劫だった。ほかの部屋はとても寒かったからだ。ひどく冷えこんで、わが家の屋根に積もった雪が凍ることがあった。天井が落ちてこないよう、父は氷を叩き割らなければならなかった。サンダリに入って寝るときは、電球は一晩中点けっ放しにして暖を取った。

両親とも家にいないことがとても多かったので、私を育ててくれたのは祖母だった。祖母は、私の人生で一番大切な――両親より大切なくらい――人だ。いっしょに過ごす時間が両親より長かったからだ。祖母のことが大好きな理由の一つはお昼寝だ。両親と違って、やかましく言わなかった。「おばあちゃん」と呼んでいたが、実の祖母ではない。実の祖母は、私がとても幼い頃に亡くなっていた。

いつだったかナシーマおばさんが母と話していて、祖母は私の実の祖母ではないと口にしたことがある。母は怒って、黙るよう言っていた。両親が祖母とどう知り合ったのか聞くことはなかった。

知りたいとも思わなかった。祖母がこの話題にふれる度にそれを制し、「血が繋がっていなくたって、おばあちゃんの方がずっといい」と言ったものだ。

祖母への私の強い思いを母は知っていたが、妬《ねた》んでいると思わせるようなことを何かしたとか言ったということはない。たぶん祖母に私を守ってもらいたかったのだろう。

祖母の名はナビーラ。両親よりもお金持ちで、夫に先立たれてからわが家で暮らすようになっていた。私が生後七ヵ月の頃だ。私と暮らすために、成人した自身の子ども三人を置いてやってきていた。世の中の何よりも私のことが好きだといつも言っていた。

六歳のとき、両親が家にいないとなると父の書斎からこっそり本を持ち出し、祖母のところにくり返し飛んでいくようになった。父からは書斎に入らないよう言われていたが、本の強い魅力——読み方は知らなかったけれど——には勝てなかった。

本はどれも色が違っているところが好きだった。それに、本には物語がたくさん詰まっていることを知っていた。母にお話をしてくれるようねだると、母はたいてい本を引っ張り出してきたからだ。そして本を開いて目を通し、物語が始まった。

気をつけなければならなかった。自分が転んで、どこか痛くしても気にしなかった。しかし、一冊でも父の本を傷つけたら最悪だ。うっかり本を落として綴じが壊れたり、一ページでも茶渋がついたりしようものなら、父は烈火のごとく怒るだろうから。

私は、とりわけ重い本を選んだ。飛び切りすてきな物語が書かれているような気がしたからだ。

そして祖母のところへ持っていった。祖母はトシャックに座って眼鏡を掛け、読み始めた。物語の始まりはいつも同じだった。「昔々、小さな女の子がおばあちゃんといっしょに暮らしていました……」

祖母はてっきり本を読んでくれているものとばかり思っていた。祖母に持っていった本が生物学や化学、政治学についてのものだったとは思いも寄らなかった。わかっていたのは本には絵が一つもないということだったが、物語はたいてい面白かった。祖母は字を読めはしたが、私が持っていった本は一言も理解できず、物語を進めながら創作していたのだということが今になってわかる。祖母は学校に行ったことはなかった。自分自身の生年さえ知らなかった。

父の書斎から本を持ってきていることは内緒にしてほしいと、いつも祖母に頼んだ。一度、ページにお茶を少しこぼしてしまったことがある。書斎から一冊持ってくるよう頼んだのは自分だと、祖母は父の前で私をかばってくれた。

母は「部屋に自分の本があるでしょ。どうして父さんの本を持ってくる必要があるの?」と言って、味方にはなってくれなかった。しかし自分の本はすでに内容がわかっていたし、読んでいてつまらなかった。いずれにせよ、母はいつも外出しているか、家事で忙しかった。だから家では祖母の方が母よりも格が上で、母にとやかく言われても平気だった。

祖母の物語で毎日が楽しくなった。アフガニスタンを統治した王や、王がどのように自国民を拷問し、殺害したかという物語だ。アフガニスタンを構成するたくさんの異なった民族の歴史について話してくれた。異なった民族が多すぎて、国――イスラム教徒でありながら、アラブではない――が属するのは中央アジアか、インド亜大陸なのか、それとも中東だろうかなどと、歴史学者の多くが決めかねているのだそうだ。

祖母はパシュトゥーン族――私もその一人――について話してくれた。この民族はアフガニスタンの支配者を数多く輩出しているが、誇れるようなことは何一つないと祖母はきっぱり言った。王の何人かは、当時アフガニスタンに侵攻してきた敵には頭を下げるばかり。独立のために戦うことはなかったという。アブドゥル・ラフマーン・ハーンという王は二つのことで有名だった。巨大なハーレムと、ハザーラ族（モンゴル系民族がルーツとされている）――祖母の話では、中国人のような顔をしている民族――を一掃するという決意だ。この王は、殺した敵の頭を積み上げて塔を建てたのだそうだ。塔の高さまでは祖母も知らなかった。

祖母の物語に笑わされ、教訓を得ることもできた。ロシア兵――「ロシア兵はすぐわかるからね。金色の髪をしていて白い肌、そして緑色の目をしてるんだよ」――が来たら、家のドアを開けてはならないと教えられた女の子の物語がある。しかし兵士は家に押し入り、女の子をさらっていこうとする。女の子は助けを求めて悲鳴を上げ、それを聞きつけた家族が救い出すという内容だった。

金持ちと貧乏人の物語をいくつか話してくれた。お話の終わりはいつも同じだった。「金持ちもいれば、貧乏人もいる。貧乏人は生きていくために、そして自分の権利を守るために懸命に闘うしかないんだよ。お前もいつか闘わなくっちゃね」

祖母のお話は好きだった。しかし私の将来について話し出した途端、うわの空になった。祖母は私をじっと見つめ、厳しい声で言ったものだ。「娘や、おばあちゃんの言うことをしっかり聞いておくんだよ。今はたぶん、意味がわからないかも知れない。でもいつかきっと、大切なことだったって気がつく日が来るからね」

もっとちゃんと聞いておくべきだったと、今になって思う。祖母は私にとって、とてもありがたい先生だった。祖母自身は、昔ながらの伝統文化に抗うということはなかった。しかし当時の女性の多くとは違い、私や私と同世代の女性が祖母の失敗から学ぶことを願っていた。

第3章

七歳の誕生日数日前の朝、鏡台の前に座った母からそばに来るよう言われた。母は私を抱え上げ、膝に座らせてくれた。こういう瞬間が大好きだった。少しだけ香水をつけてほしい、せめてすぐそばで匂いを嗅がせてほしいとせがんだものだ。香水が一体どこから匂ってくるのか知りたかった。鏡台のそばのテーブルには祖母が花の刺繍をあしらった布が広げてあり、その上にお化粧道具と並んで香水が置いてあった。香水はとても高価だったので、小さな瓶が精々二本あるきりだ。安物の香水で香りが最低だったら、いっそつけない方がましだと母はいつも言っていた。

母へのプレゼントは、香水が一番だった。以前、市場で香水を母に買ってあげたことがある。母のお気に入りの一本にはならなかったけれど、いずれにしてもいっぱいキスしてくれた。母の話では、パリの香水が世界で一番有名なのだそうだ。シャルリはお気に入りの一つだった。

普段、母は香水の瓶の近くでは遊ばせてくれなかった。庭や通りで一日中遊び回って真っ黒なのに香水を使うと言って、何度も叱られた。「悪い子ね。まず体を洗って、香水はそれからよ！」

しかし一九八五年のその日の朝、母は香水を少し使わせてくれ、真剣な顔をして私の目を覗きこんだ。「ゾヤ、母さんの外での仕事、いっしょに来る？」

とても誇らしくて、とっさに「うん」と返事していた。自分が何をするのか聞こうともしなかった。直にわかった。熊の絵が描いてあるナップサックを持ってくるよう言われた。すると母は、おもちゃいくつかとマイボトル――私は七歳まで、ボトルに入っていない牛乳は飲もうとしなかった――、そして見たことのない紙を詰めた。そしてもう一度膝に座らされ、こう言われた。

「誰かに呼び止められてどこに行くのかって聞かれたら、ちょっと買い物って言うのよ。あとは何も言っちゃだめ。ナップサックに入れた紙のことは口にしないこと。誰かに紙を見つけられても、何も知らないって言うの。今言ったこと、全部覚えてられる？」

うなずくと母は納得したようで、あの忌まわしいブルカを被った。

「これ、どうして着るの？　嫌いじゃなかったの？」

「ええ、大っ嫌いよ。でも着ないといけないのよ。そうしないと、母さんの仕事はできないの」

母と手をつないで通りに出た。私たちはあちこちの家に行った。訪ねた家に母がいるのはものの数分だった。私を連れて家の中に入ることもあった。母は家の人と急いで話し、持ってきた紙を一枚渡していた。私を通りに立たせることもあった。「兵士とか、警察のスパイかも知れないって思う人が来ないか見張ってて」そう言われた。

私の年ならさして危なくはないだろうと、祖母は私の新しい仕事を容認していた。父が口出しすることはなかった。母の仕事を尊重していたからだ。母は、私の手伝いがうれしそうだった。しかしこうしなさいと言われたことをし忘れて、怒られることもあった。

疲れるだけの、変な仕事だった。数時間に及ぶこともあったからだ。私の役目それ自体はあまり大したことだとは思わなかったが、まだほんの子どもだったし、母のお手伝いをしていることに変わりはなかった。それこそが一番のことだった。それに、母は私を選んでくれたからだ——祖母が手伝うと申し入れるのを耳にしたが、母はそれを断っていた。

母との外出は滅多になかった。その機会を、私はじりじりする思いで待った。祖母であれ両親であれ、大人といっしょにいること以上にすばらしいことはなかった。友だちといても楽しくなかった。ゲームは馬鹿々々しかったし、些細なことでからかわれる——子ども同士でよくある——のが嫌だった。

祖母と家にいる方が好きだった。友だちやいとこが「あの子、どうしてああなの？　何でいっしょに遊ばないの？」と母に尋ねると、母はいらいらしながら言った。「子どもらしくしなさい。おばあちゃんや母さんとここに座ってないで」

しかしおもちゃ売り——色々な種類の風船や小さなお人形、ロシア軍のヘリコプターや戦車などの模型を棒に吊るして売り歩いていた——が通りにやってきたと大声を上げて友だちが呼びに来ると、私は家のドアに鍵を掛けたものだ。「親友」と呼べる友だちはいなかった。私の親友は祖母だった。祖母からはよく言われた。「家ではライオンだけど、外に出るとネズミさんね」数年後、カーブルでの私の幼い頃を知る女の子に会った。「いつ行っても、話そうとしなかったわよね」そう言っていた。問題はたぶん、一人でいることや大人といることに慣れていて、友だちにも大人のように振る舞ってほしかったのだ。子どもじみた振る舞いにうんざりしていた。

私が気になっていたのは、わが家の前の通り沿いの一人の女の子だけだ。長いひげを生やしたその子の父親は、誰とも遊ばせようとしなかった。女の子は家の外で私たちからは離れて立ち、いつも大きなスカーフで顔も頭もすっかりおおっていた。その子について祖母に聞くと、父親には妻が四人いて、滅多に家の外には出させないとか。「あの家族は全員、頭がおかしいのよ。あの家の人に話しかけようとしちゃだめよ」と言っていた。後に言葉の意味がわかるようになると、父親はたぶん原理主義者だろうと教えてくれた。

いっしょに遊んだただ一人の女の子はハディージャだ。三軒先に住んでいて、お母さんは学校の先生だった。私と似て、たいていは大人といるのが好きな子だった。それが私たち二人を結びつけた理由だ。ハディージャにはお人形さんがたくさんあった。そしてそれを私の部屋に持ってきてモージデと引き合わせ、モージデのお誕生日会ごっこをした。大人が来客にお茶とお菓子を勧めるのを何度となく見ていて、その真似だ。来客にお茶を出すのは慣《なら》わしだった。家の人はくり返しお茶を勧め、その度に来客が丁寧に断るのを見て知っていた。

いつだったか、ブルカを使ってゲームをしようとハディージャが言い出したことがある。私は気が進まなかったが、ハディージャは言い張って聞かなかった。隣の子の家にはブルカがあるからと、引っ張っていかれた。ここ一週間泊りにきている親戚は、外ではいつもブルカを着ているとのこと。すごく楽しいという。

ハディージャが遊びの中心で、友だちを二人ばかり呼んでいた。「ゾヤ、ブルカ着て。お化けの真似するのよ。お化けみたいな声をいっぱい出して、私たちを追い回すの。みんな逃げるから、捕まえるの。いい?」

あまり面白そうではなかった。夜、庭を横切ってトイレに行くのは怖かったけれど、お化けは信じていなかった。ハディージャたちに座らされ、ブルカを被せられた。どう着たら良いのか私にはわからなかったが、その家の子は親戚の人が着るのを見ていて知っていた。大きくて重かった。息苦しいし、ちゃんと見ることもできなかった。立ち上がろうとして、ふらついた。

「始め!」ハディージャが叫んだ。「追っかけて!」

そこら中につかまって二、三歩歩いた。周りが見えず、ほかの子たちがどこにいるのかさえわからなかった。誰かに背中を強く押され、顔から前のめりに倒れた。目のところのメッシュが顔の横にずれてしまった。

目の前が暗くなり、何も見えなくなった。「見えない!　見えない!」何度も叫び、ようやくブルカから脱け出すのを手伝ってくれた。「こんなゲーム、大っ嫌い。こんなもん、二度と着ない」

ハディージャは、お母さんが教えている学校についてたくさん話してくれた。大勢の子といっしょということには抵抗があったけれど、学校がどういうものなのか知りたかった。通りでは制服を着た女の子たちが自転車に乗って笑い合い、ベルを鳴らしながら学校に向かうのをよく目にしていた。私も女の子たちのように背中のナップサックに本を入れ、自分の自転車に乗りたかった。

しかし両親の方針で、私の勉強は家でだった。父は帰宅すると毎晩、同じ課題を出した。私を呼んで膝に座らせ、ぎゅっと抱き締めてキスした。父はとてもやさしくて、母よりも父に抱きつくことの方が多かった。ひげ剃りは滅多にしたことがなくて月に一回だけ。抱きつくとひげがちくちくした。

今日は何をしたかといつも聞かれ、翌日までの課題を出された。いつも同じ課題だった。父が選んだトピックについてペルシャ語——家で話していた言葉——で数行書かなければならなかった。トピックは例えば、「春」「凧」「年長者への敬意」といったものだ。父は翌日の晩、私が書いた文章を読み、間違いを正した。

父が私と話したいのはこの課題についてだけだった。そのため、父とは顔を合わせたくなくなった。父が帰ってきて、お茶を持ってきなさいと言われて父のところに行き、前日からの宿題について話し合うのが嫌になった。宿題が終わっていないと、父が忘れていることを祈って隠れたりした。さもなければ母のところに飛んでいき、急いで何か書いてくれるよう頼んだ。

しかし、私が慌てて書いたものはすぐに見破られた。「あまり面白くないな」そう言っていた。「お前がしっかりと考え、注意深く物事を読みこんで書いたものを見てみたかったな。最初にひょいと頭に浮かんだことを書くんじゃなくってね」

同じトピックがくり返し出題され、絶えず悩まされた。「砂」や「通気口」といったトピックについて私に書けることはそうそうなかった。父がもっともっと遅く帰宅しますように、それまでベッドで眠れますようにと毎日祈った。後年、そう祈ったことを私は後悔することになる。

学校での勉強がどういったものなのかおおよそわかったのは、シーマという女の人を通してだった。祖母が夫の遺したお金を払って家に来てもらった女の先生だ。しばらくの間、週に三回やってきていた。床に座ると、シーマ先生は本と編み物を取り出した。いっしょに過ごす二、三時間の間、先生の手が休まることは一度としてなかった。私の前で編み棒は絶えず動き、かちかちと音を立てた。

シーマ先生との勉強で、ペルシャ語の読み書きと算数以外は得るものがなかった。私が何か学んでいるかどうか、先生は少しも気にかけていないみたいだった。ペルシャ語の本を渡され、一〇ページ分を書き写すよう言われた。書き取っていることの意味内容が私にはわからないことなど、先生にはどうでも良かった。

私が飽きてきたのを見て取ると、先生はいつもおしゃべりをしだして冗談を言った。私はほんの子どもだったが、これでは役に立たないと思った。間もなくして授業は飛び飛びになり、やがてシーマ先生はまったく来なくなった。来てほしいとは思わなかった。両親はほかの先生も何人か試してみた。しかし七歳で勉強を始めてから二年後、私を教えに来る先生はもう誰もいなかった。

両親が私を学校に通わせたくなかった理由を知ったのは、ずっと後になってからだ。ムジャヒディーンが学校で爆弾を爆発させるのではないか、通学路にある建物を爆破するのではないかと案じてのことだったのだ。いずれにせよ、学校の運営方針が両親には我慢できなかった。教科は全部、傀儡政権によって定められた指針に沿って教えられていたし、子どもたちに配られる教科書の多くはロシアの教科書の翻訳だったからだ。子どもたちはアフガニスタンのことよりもロシアについて学ばせられていると両親は考えていた。

できるだけ家で勉強するべきだと、祖母は断固として言った。祖母は頑として自説を曲げなかったので、わが家に時々やってくる近所の人とよく言い合いになった。「主婦になれるようにしなくっちゃって言ってるんじゃないのよ。でもこの子、料理や家の掃除のことも知っておかないとね。でないと、どうやって夫と暮らしていける？」

「それは違うわ」祖母は言い返した。「男の子たちのやってることだってできるようにしなくちゃだめよ。料理と掃除に将来なんてないんだから。教育と知識、それが必要なの。ゾヤ、台所から出て、本を読みに行きなさい」

料理の仕方を習うことはなかった。

母に頼まれれば、いつでも外での仕事を手伝うようになってから一年ほどした頃だった。豆とご飯の昼食を終えたある日の午後、ダ、ス、タ、ル、フ、ワ、ン、――食事の際、絨毯の上に広げるビニールクロス

——をきれいにふき取って片づけていると、父に集まるよう言われた。「みんなに聴いてもらいたいものがあるんだ」

父はテープをカセットプレーヤーに入れ、こう言った。「友人がカーブルの中央刑務所に行って、一般市民向けの公告を見てきてね。これはそのときに録音したものだ」おそらく、テープは単に名前を列挙しているだけ。とてもたくさんの名前で、あまりに多すぎて数えられなかった。

しかし父と母、そして祖母が押し黙ってクッションに座っているのを見て、何かとんでもないことが起こっているのではないかと思った。リストの名前は延々と続いた。

父が突然叫んで、リストがただ読み上げられるだけの単調さが断ち切られた。父はロシア人や傀儡政権を口汚く罵った。それまで父が口にしたことのない「ワ、タ、ン、フ、ロ、ッ、シ、ュ、」（売国奴め）とか、ほかの言葉も叫んだ。これは一体何なのかと聞きかけたが、静かにするよう言われた。

カセットテープが終わった。しかし皆、ただ座りこんで黙っている。やがて祖母は立ち上がり、もう寝るからと言って自分の部屋に引き揚げていった。父と母は座ったままだ。何も話さず、私のことは気にもかけていない。私はその場を離れ、祖母を追った。

祖母は声を上げて祈っていた。「アッラーよ、わが国を解放しようとする殉教者に祝福を」と何度もくり返していた。祖母の話では、名前が挙がった人の数人は両親の知り合いだという。政治家や作家、詩人、そしてその人たちが学んだ大学の教授で、侵略者に立ち向かう勇気ある人たちなのだそうだ。

「娘や、よくお聞き。この人たちはみんな、ロシア軍を国から追い出したかったんだよ。それでロシア軍はこの人たちを拷問し、殺したってわけさ」ロシア占領下の生活について、祖母が初めて私に話してくれた真実だった。私はその夜、祖母の祈りを耳にしながら眠りに就いた。

それまでわが家にあった幸せがどこかに行ってしまった。翌日、父は早いうちに家を出た。母は一言も口を利かなかった。私はその日ほぼ一日中、祖母と過ごした。見ていると祖母は、部屋の壁際にいつも置いてある錆びた鉄のトランクから自分の服を引っ張り出し、それをまたトランクに戻していた。

「あの不憫な人たちの母親や妻のことを考えてごらん」祖母が言った。「今じゃ、お墓しかないんだよ」祖母に言いはしなかったが、父と母の帰りを家で待っていて、二人の名前があんなリストに載ったらどんな気持ちになるのだろうと思った。

私は初めて、人はその考え方次第で殺されているのだということを知った。かつてないほど、わが家に恐怖が入りこんできた。ロシア軍はカーブルの人々の中からスパイを募っていて、隣人にさえ密告されかねないと両親は気が気でなかった。いっしょにやった仕事については誰にも話さないよう、母から何度も釘を刺された。

以来、母はそれまで以上に家を空けるようになった。父はそれまでになく、気が滅入っているようだった。外に行ってお店で何か買ってきても良いかと聞くと、危険すぎると言われた。「一人で家から出ないこと。外は危ないからね」という言葉が脳裏に焼きついた。

父がカセットテープを家に持って帰ってから数週間ほどした頃だった。数日間ねだりにねだった末、ようやくカーブル市街に住むナシーマおばさんのところに午後だけなら遊びに行っても良いという許しが出た。おばさんは私を迎えに来てくれて、その後になって一晩泊っていくよう言われた。おばさんのところに予定より長くいることについては両親に知らせられなかったので、まずいことになりそうな気がした。ごく幼い頃から父にくり返し言われていたからだ。「昼間はどこにいようとお前の勝手だが、夜はいつも自分の家にいること」。しかし父には後で事情を説明するからと、おばさんから言い含められた。

翌朝、ナシーマおばさんは約束通り私を連れ帰ってくれた。父はおばさんの前で私にキスしたが、怒っているのがわかった。私がどこにいたのか、父はナシーマおばさんに聞いていた。そしておばさんが帰ると、すぐに父の部屋に呼ばれ、どうして言いつけを守らなかったのかと静かな声で聞かれた。

「ナシーマおばさんが大丈夫だって言って、父さんに説明するからって」口ごもりながら答えた。私はとても後ろめたくて、立ったまま自分のつま先をじっと見ていた。父の目を見られなかった。

「お前は自分が占領された国に住んでるってことがわからないのかい。よく聞きなさい。父さん、今までお前に手を上げたことは一度もない。だが今回、お前は父さんが禁じていることを仕出かした。父さんはどうすればいい？」

私は黙っていた。父があんなに怒るのを見たことはない。祖母のところに走って逃げようかと思った。たぶん祖母ならかばってくれる。きっと父は手出しできないはずだ。

「父さん、どうすればいいのかな?」父がくり返した。

頬っぺたに穴が空くほどの平手打ちが飛んだ。二発目の平手打ちが別の頬っぺに飛んでも、私はじっとしていた。

母を探して泣きながら台所に入って行くと、母はしていたことを放り出して私をぎゅっと抱き締めてくれた。そして私を残して父のところへ行った。言い争う声が聞こえた。「たった一人の子なのよ、あの子は自分が間違いを犯したってことはわかってる。叩くことないでしょ」

しかし祖母は、父が私を罰したのはいかにも正しいと言った。通りで爆発に遭うかも知れず、そうなったら私は行方知れずになってしまうのだから、と。

第2部

出血の止まらない傷

第4章

八歳の誕生日から間もなくして、母がしている仕事の謎がついに解けた。この二、三週間、母は顔色が優れず、益々疲れがたまってきているようだった。とうとうある日の晩、家に入った途端よろめき、転ぶまいとっさに手を壁に突いた。そして失神し、そのままゆっくりと絨毯に倒れこんでしまった。

レモンジュースかオレンジジュースがないかと、私は台所に走った。次に投げこみヒーターでお湯を沸かし、甘い紅茶を淹れてあげた。そして体に力が入るようになるまで、そばで静かに座っていた。気分が楽になるよう、足をさすってあげた。

その晩遅くになって母が床に就くと、私もいっしょに横になった。母は私にキスしてから手で私の髪を梳き、オイルを揉みこんでくれた。金の指輪が頭にそっと当たった。母の方に向き直り、以前から何度となく聞いてきた質問をした。「母さん、今日はどこ行ってたの？　どうしていっしょに家にいてくれないの？」

今回は、その場逃れの返事ではなかった。母は大きな黒い目で神妙に私を見つめた。夫に殴られ、泣きながらわが家によくやってくる女の人のことを覚えているかと聞かれた。「いい？　ここカーブルには夫だけでなく、兵士からも殴られたりしてとてもひどい目に遭っている女の人がいるのよ。そういう人たちに会って、その生きる苦しみを知って、助けてあげなくっちゃって思ってるの。それに、夫が殺されたり政府によって牢屋に入れられたりしている、どん底の女の人も大勢いる。その人たちは何か悪いことをしたわけじゃなくて、自分たちの国が自由になってほしいだけなの」

「でも、どうすればその人たちを助けてあげられるの？」

一瞬、母は私の頭をマッサージする手を止めた。やめてほしくなくてその手にふれ、もっととせがんだ。「とてもむずかしいわね。魔法使いじゃないからね。仲間が何人かいて、みんなあるグループのメンバーよ。女の人を支援して、国を平和にしようって頑張ってる。母さんたちが配っている紙はそういうことを知らせようとしてるの。国民には自分たちの未来を決める権利がある、私たちを奴隷にしようとする野蛮なロシア人に対して非暴力で闘わなければならないって書いてね」

興味を掻《か》き立てられた。たまに両親に連れていってもらったバリコテ映画館で観た映画では、銃を持った警官が悪者と闘うとたいてい警官が勝った。銃があれば問題を解決するのは簡単だ、現実世界でヒロインになるには映画のように銃を持つ必要があると思った。

母が色のついた紐で私の髪を二つに結いながら、ＲＡＷＡ《ラワ》（Revolutionary Association of the Women of Afghanistan）――アフガニスタン女性革命協会――と口にするのを初めて聞いた。「ゾヤが生まれる二、三年前、大学教授や学生、そして知識人のグループが作ったの。母さんは大学生だったけど、大学はやめたわ。だって、ＲＡＷＡの仕事の方がずっと大切だったから。前にナップサックで運んだあの紙のこと、覚えてる？　あれはね、ＲＡＷＡで書かれたものなの。ロシアの侵略者を非難する秘密の文書で、みんなでロシアに抵抗するべきだって書いてあるのよ」

「でも、母さん。母さんはどうなっちゃうの？　私、母さんのことが心配」

母は私の髪を撫でた。「大丈夫。危なくないから。母さんは一人じゃないし、母さん以上に頑張ってる人がほかにいるもの。なのに自分だけ家で座ってて、何にもしないってわけにはいかないでしょ？　苦しんでいる女の人を母さんたちが支えなかったら、誰も何もしてくれないからね」

その後、ファシズムや人種差別、そして悪に対して色々な国で闘った人たちについて話してくれた。私の国を侵略しようとイギリスが軍隊を送りこんできたとき、先頭に立って闘ったアフガニスタン女性のマラライについて教えてくれた。一八八〇年七月、マイワンドの戦場での熾烈な戦闘でアフガニスタン国旗を持つ旗手が撃たれ、地面に倒れた。するとマラライは駆け寄って旗を掴み、浮足立った味方の兵士を鼓舞しようと詩を朗唱したという。

母国を守って流された
わが恋人の血のひとしずく
男の気を引こうとこの顔に
よもやつけぼくろ配すなら

庭の薔薇さえ恥じ入るだろう
マイワンドの戦場から生きてお前が帰るなら
わが恋人に誓って言う
お前の後半生は恥辱にまみれたものとなるだろう

今日なお、マラライの言葉はアフガン戦士を奮い立たせる。父もまた、ロシア軍やイスラム原理主義との闘いに関わっていると母は言った。父はＲＡＷＡのメンバーではなく——女性だけがＲＡＷＡのメンバーになれる——、別の秘密組織に属しているのだそうだ。何という組織なのか父が話してくれたことはなく、していることについても一切話そうとはしなかった。父は概して無口で、今日は一日どうしていたのかなどと聞こうものなら、輪を掛けて口が重くなった。精々、「友人に会ってくる」と言うくらいだった。父が自分の考えを口にすることはなかった。

母に寝るよう言われたのは、ずい分遅くなってからだ。「明日の朝、おばあちゃんの結婚がどういうものだったか聞いてごらん」寝しなにそう言われた。

しかし次の日の午前中、母は私と別の計画があった。結婚について祖母に尋ねるのは、少し待たなければならなかった。母はハマーム（公衆浴場）に行くのに、私を連れていきたかったのだ。ごくたまにしか家の外に出してもらえなかったので、とてもうれしかった。ただし、ひりひりするまで母に体をこすられるのは嫌だったけれど。もっと小さかった頃は、月に一、二回ハマームに出かけたものだ。家には暖房がなく、寒くなるとちゃんと体が洗えなかったからだ。しかししばらく前から、あまり行かなくなっていた。

母は私のナップサックに何かを詰め、いっしょに家を出た。ハマームには浴槽があって、女性たちはその周りに腰を下ろしておしゃべりする。互いに背中を流し合う人や、静かにじっと座っている人もいる。私はこの浴槽が好きではなかった。知らない人に裸を見られて恥ずかしいからだ。

母はお金を払って小さな部屋を借りていた。そこは普通の部屋よりも蒸気が熱く、母は気に入っていた。服を脱ぎ、濡れないようにビニール袋に入れると、私は小さなスツールに座らされた。母にお湯を掛けられてごわごわした布でごしごし体をこすられ、痛くて悲鳴を上げた。「体中真っ赤っ赤で、痛くてもうやだ！」しかしこすり落とされた垢を見せられ、もっとたくさん取る必要があると言われた。私が蒸し風呂に座っていると、母はタオルを巻いて時々廊下に出て行っては女の人何人かと話していた。

ハマームに行った後はすごく疲れていて、家に帰って祖母が母に「気をつけなさいよ。益々物騒になってきてるからね」と話すのが耳に入っても気に留めなかった。

私はたちまち眠りに落ちて、三時間眠りっ放しだった。ハマームに行くのを女の人があれほど楽しむ理由が理解できなかった。

ずい分後になって、母はＲＡＷＡの仲間と会ったり、文書——私からさえ隠した秘密の——を手渡すためにハマームを利用していることがわかった。ハマームは、女性同士が目立たないように会うことのできる数少ない公共施設の一つだった。公衆浴場で子どものナップサックを覗いてみようと思う人など、いようはずはないからだ。

その日の午後になって、ようやく祖母と話をすることができた。小麦粉と砂糖でハルヴァ（穀物、胡麻、野菜、または果物に油脂と砂糖を加えて作るお菓子）——家は砂糖が煮詰まる甘い匂いでいっぱいになり、ハルヴァの厚みが均一になるように重石《おもし》として据えた大きなティーポットのバランスを取って祖母のお手伝いをするのが大好きだった——を私に作ってくれながら、見合い結婚やその苦労について話してくれた。祖母は亡くなった自分の夫のことを「お前のおじいちゃん」と呼び、「夫」とは呼ばなかった。私はそのおじいちゃんに会ったことはない。私が生まれる前に亡くなっていた。

「ある日、おばあちゃんのお父さん——カーブルのモスクのムラーだった——に言われたんだよ。『この男と結婚しろ』ってね。おばあちゃんはたったの一三歳で、それにその男の人とは一度も会ったことはないんだよ。お前のおじいちゃんをどこで見つけたのか話してくれたことはないけど、たぶんモスクで会ったんじゃないかな。お父さんがその人に決めたのは、大方の人よりお金があったからさ。でも、金持ちじゃあなかったね。その人については何にも聞かされず、初めて会ったのは結婚式当日だった」

婚約パーティーの席でさえ、祖母は夫となる人を目にすることは依然許されなかった。夫の家族がプレゼントやケーキを祖母の家に持参した。しかし祝宴で男女が同じ席につくことはなく、それぞれ別々の部屋に分けられた。男たちが最初に食べ、食べ終えると女たちは皿を下げて洗うというのがしきたりだ。そして最後、ようやく女たちは残り物を食べることが許される。

二ヵ月後、祖母は初めて夫と対面した。夫は一二歳年上だった。結婚式の夜、夫はやさしかった。ハンサムで良い人のように思えた。その後の四年間で、祖母は三人の子を儲けた。

夫は結局、因襲的な、非常に厳格で自己中心的な人間に変貌し、祖母はひどい扱いを受けることになる。値段の高い、旨いものを食わせろと言って聞かなかったそうだ。毎朝、朝食には目玉焼きと牛乳一杯を要求したという。こうした朝食は自分だけが許されるという考えは改まらなかった。祖母はといえば、少しばかりのナーンとお茶だけ。夫はわが子のことにも無関心だった。子どもがちゃんと成長するにはタンパク質とビタミンが欠かせないということなど、気にも留めなかった。

夫から殴られたと聞いて、どうしてなのか尋ねた。子どもが何か悪いことをして叩かれるのと同じで、祖母も何か仕出かしたに違いなく、それで罰を受けたのかと思ったからだ。

祖母は首を横に振った。「そんなんじゃないんだよ。お前のおじいちゃんは心ない人だったの。仲間を一〇人以上引き連れて家に帰ってきてね、すぐに昼食を作れって言いつけられたのさ。上等な皿を出して、たらふく食べられるだけ準備しろって。おじいちゃんに言ってやったわ。『疲れ切ってるの。自分が召使いのようなものだってことはわかってる。でも、召使いだって人間よ。言われたことをするだけの力が残ってないの。それに、家には皆さんに行き渡るだけのお皿がないのよ』ってね。仲間の前でそう言ったもんだから、あの人は雪の中を歩く大きなブーツを持ってきて、おばあちゃんを叩いたってわけ。人前でおばあちゃんを叩いたのは、あれが初めてだったわね」

「誰も何もしてくれなかったの？」

「してくれるわけないじゃない。そこにいた人たちにとっては普通のことだもの。家ではみんな、自分の妻を叩いてるんだから。人の妻をかばう権利なんて誰にもありゃしないのさ。お腹に赤ちゃんがいたって平気で叩くんだから。おじいちゃんはブーツで私を叩き終えると、近所から皿を借りてきて昼飯を作れって言い張ってた。そして午後になって仲間が帰ると、また叩かれた。『どうして仲間の前で皿がないなんて言うんだ！』って、怒鳴り散らしてた。その晩、服を脱ぐと、体中あざだらけだったわ」

「ムラーのお父さんに助けてって言わなかったの？」

「父のとこには何度か行ったのよ。でもその度に、我慢しろって言われた」

「『あいつから離れようとしなかったお前が悪い。逃げようと思えば、逃げられたはずだ。だが、お前はそうしなかった』ってね」

「お前が考えるほど、簡単じゃないんだよ。仮に逃げてたら、悪い評判が立ったかも知れないしね。妻の保護者は夫だもの。その夫と離婚したとなれば、妻はまったくの無力なんだよ。それに、叩かれてもまだ愛してたし、尊敬してもいたからね」

私は重ねて聞いた。「でもおじいちゃんが死んで、おばあちゃんはうれしかったんでしょ？」

「娘や、そんなふうに言わないの。おじいちゃんが死んでしまって、とてもじゃないがやりきれない。でもアッラーに召されて、きっと幸せにしてるはず」

祖母はアッラーについて度々話したが、熱心に祈るよう私に強いることはなかった。祖母が私に言っていたのは、アッラーは人生のどんな問題も解決してくれるということだけだ。ラマダンの間、祖母は断食したが、子どもは別だと言っていた。祖母は日に五回祈りを捧げたが、良きイスラム教徒になるには祈るだけではだめだという。私がすべきことは、人にやさしく親切でいること。しかし、それとてむずかしいことなのだそうだ。「貧しい人を助けてあげるには、どれほど祈ったからって追いつくもんじゃないんだよ。いずれにしてもアッラーは、お前が良きイスラム教徒かどうかはお見通しさ」

厳しく言われたことが一つだけある。祈りの最中、祖母と私の間にクッションか何かがない場合は祈祷用マットのそばを通らないよう気をつけるということだ。それは罪なのだそうだ。

祖母の夫について話すときは、いつもその経験から教訓を得るよう強く言われた。妻のことを叩く夫についてお年寄りの女性が話しているのを聞いたことがある。こんなふうに言っていた。「叩くのは夫の権利だもの。認めるしかないわ」「そういう運命なのよ。運命には従わなくちゃね」祖母は、こうした言い草が我慢ならなかった。「おばあちゃんの若かった頃は、事情が違ってたのさ。でもお前は、おばあちゃんが味わったことを我慢しちゃだめだよ。人間的じゃないもの。おばあちゃん、それをじっと辛抱してきたのは間違いだったってことは認めるよ。でもお前は、きちんとした教育を受けなくちゃね。男の前で自分の意見を表に出すのをためらわないこと。男に威張らせないこと。そしてお前が夫として選ぶ男はちゃんと教育があって、無知な人間ではないこと。お前を女として尊重することを約束できる人でないとね」

それ以来、一つだけ夢——母が読んでいる本を理解し、勉強して母の後に続くこと——を持つようになった。以前は、政治についての両親の会話は退屈で仕方なかった。しかし、今ではすべて説明してもらいたかった。ＫＧＢ（旧ソ連の情報機関および、秘密警察）とＫＨＡＤ（アフガニスタン秘密情報機関）は何千もの人々を逮捕して拷問していると、両親は教えてくれた。

ロシアに押しつけられた政治体制を両親はあざけっていた。「ロシアで雨が降ると、カーブルの政権は傘を開く」世間では、そう言われていた。両親はまた、大きくなったら私でもアフガニスタンのために何かすることができるとよく言っていた。勉強のためにカナダに移住していったいとこのことがわが家で話題になることはあまりなかった。

一九八六年、ソビエトの新しい指導者、ミハイル・ゴルバチョフがアフガニスタンを「出血の止まらない傷」と称し、軍撤退の計画に着手することを決定した。戦略的に重要な隣国への影響を維持すべく戦ってきたものの、経済的および、人的な損失にもはや耐えられなくなったのだ。両親は半信半疑だった。撤退が近いうちに行なわれるとは考えなかった。ロシア軍撤退後の一番の課題は、アフガニスタンの良き未来をどう確かなものにするかということだと言っていた。ロシアは、自分たちの撤退後も息の掛かった人間が権力の座に就くことを望んでいた。ゴルバチョフは「出血が止まらない傷」の演説から三ヵ月後、ムハンマド・ナジーブッラーを大統領に据えた。

秘密文書をナップサックに入れて運ぶのがそれまで以上に誇らしく、母の手を一層強く握って歩いた。次第に母の仲間とも同じことをするようになった。私のような子どもなら、ロシア兵のパトロールに怪しまれる心配はなかったからだ。たとえ私のナップサックを調べられて秘密文書が見つかったとしても、大したことにはならなかっただろう。母がどうなってしまうかまでは考えが及ばなかった。

母はどこにいるのかと通りで友だちに聞かれると、嘘をつくようになった。ほんの小さな嘘だ。「母さん、やらなくちゃいけない仕事があるんだって。でも、どんな仕事かはわかんない」わが家に時々やってくるＲＡＷＡの母の仲間の子たち――私と同様、自分の母親は家にいた例《ためし》がないと不満を洩らしていた――とだけ、包み隠さず話すことができた。

どうして私ともっといっしょにいられないのかと母に聞くことはもうなかった。母が家を空けるのは、私のことが嫌いだからではないということがわかったからだ。母の仕事を目の敵《かたき》にすることはなかった。私と仕事のどちらかを選ぶとなったら、母は仕事を取るに違いないと考えるようになっていた。そう確信していて、そんな選択をする母が誇らしかった。

母が仕事について詳しく話してくれたあの頃を振り返ると、あれが私の少女時代の終わりだったのだろうと思う。何の悲しみもない。私は、子どもでいることが嫌でたまらなかった。子どもはつまらなかった。早く大人になりたかった。そうすれば何か役に立つことができるかも知れないから。

母は、私に人生の目的を持ってほしかったのだと思う。そして母は命懸けだっただけに、自分のしていることを私には理解してもらいたいという思いもあったのかも知れない。

危険と隣り合わせの仕事をしているなどと、母が私の前で口にすることは一度としてなかった。

第5章

一九八九年二月。私が一一歳のとき、ロシアはついにアフガニスタンを放棄した。九年に及ぶ占領の終了であり、ゴルバチョフが「出血の止まらない傷」と語ってから三年後のことだ。長年に渡って延べ六十万人以上の兵士を展開したものの、世界最大の帝国の一つが手痛い屈辱を負わされたのだった。アフガニスタンでは百万人以上の命が失われ、六百万人以上のアフガニスタン人が難民——世界最大の難民数——として国外へ逃れることを余儀なくされた。傷口の出血が止まることはないだろう。ロシアはアフガニスタンの大地に地雷（埋設された対人地雷は一〇〇〇万個と言われている）を埋めたまま、撤退していったのだから。

喜んでいる場合ではなかった。ロシアが去っても平和は訪れなかったからだ。近いうちに学校に行ける見こみはなかった。イスラム原理主義者の軍閥たちはナジーブッラー政権との戦いでジャラーラバード市に死の雨を降らせた。そして何ヵ月かしてその矛先を首都のカーブルに転じると、間もなくしてロケット弾を打ちこんできた。ロシアの手にあったときよりもずっとすさまじい砲撃だった。この砲撃の様子に祖母は、「たとえ勝っても、その手にはほとんど何も残らないわね」と言っていた。

一九九一年に入ってからの数ヵ月、砲撃は以前にも増して激烈だった。ある日の朝、祖母が衣服の入った箱や壊れた凧、そのほかありとあらゆる物を地下の物置から運び上げていた。私は特に何とも思わなかった。しかし次の砲撃が始まると、その地下室に入らされた。外に出られたのは、数時間たってからだ。それ以降、あの暗く湿った二つの部屋で途方もない時間を過ごすことになった。

地下室への入口は庭にあった。地面に掘った穴にすぎず、すぐ下の地下室に下りる階段が何段かあるきりだ。祖母が言っていた通り、砲弾がいつ何時《なんどき》穴を直撃するか知れず、地下室に出入りする度に穴をふさぐ木のふたはこれっぽっちの意味もなかった。

何年も手をつけていない不用になったものを祖母が地下室から外に出した後、私たちは中で寝られるように絨毯やクッション、そしてトシャック、を敷いて避難壕（と呼ぶようになっていた）をできるだけ居心地良くしようとした。しかしそれでも壕内は湿っていて、体を温めるストーブはなくてとても寒く、そしてとても暗かった。避難壕の壁を塗装してみたものの、湿気のためにすぐに染みだらけになってしまった。そしてトシャック、でさえ、湿気《しけ》た臭いが鼻につくようになった。

最悪だった。湿気のためにひどい咳をするようになった。家で私を待っている快適なベッドでどうして寝られないのか理解できなかった。祖母もぼやいていた。階段の上り下りがつらくてならないと文句を言っていた。祖母の喘息とリウマチは悪化するばかり。避難壕にいる時間が長引くほどに愚痴をこぼし、母との言い合いはひどくなった。

夏になり、壕内の熱気は息が詰まるようだった。以前は家の中があまりに暑くなると、ベッドを庭に運び出して大きな蚊帳を吊って寝たものだ。しかし今では地下にいることを強いられ、父が入口に据えた木のふたの隙間からしか夜気は入って来なかった。

避難壕に下りる九段の階段が恨めしかった。外には行けず、太陽も見えず、昼か夜かもわからなかった。電球が二つほどあったが、停電がよくあってろうそくを囲むしかなかった。数日間続けて壕内に閉じこめられることが度々あった。空を見ることができたのは、家の裏のトイレに行こうと外に這い出すときだけ。ほんのわずかな時間だ。いつも真っ直ぐ駆け戻らなければならなかった。

十分に明るいときは本を読もうとしたり、銃や兵士、戦車などを描いたりした。暗くて見えないときは、祖母にお話しをねだった。手に入ったわずかばかりの食材の下ごしらえも手伝った。たいていはろうそくの明かりでジャガイモの皮むきだった。夕方になって電気が来ていると、家から持ってきたラジオでBBCのペルシャ語放送かアフガニスタンの歌を聴いた。わが家にテレビはなかった。

ある日、避難壕にいた両親と子ども六人の家族全員が直撃弾で殺されたと、近所の人から聞いた。わが家の前の通りからはずっと遠くでのことだと言っていた。それからというもの、どうしてこんなに長い時間地下にいるのか理解できなかった。祖母に言った。「意味ないじゃん。避難壕にいようと家にいようと、死ぬときは死ぬんでしょ？　家に入ろうよ」

祖母は賛成してくれるものと思っていた。ずい分と文句を言っていたから。しかし怪我をする危険は避難壕にいる方が少ないと、あっさり言われてしまった。それで結局、壕に留まることになった。

一家全員が瞬時に殺されたと聞いて、益々眠れなくなった。疲れ切っていたが、起きていたかった。砲弾が落ちてきたときに目が覚めてさえいれば、逃げ出すことができるという馬鹿げた考えにしがみついた。逃げることについて考えれば考えるほど、砲弾が落ちてくる確率は低くなると固く信じた。いったん目を閉じて寝てしまったら最後、次に目を開けたときにはわが家はなく、両親も祖母もいなくて何も残っていないかも知れない。すべてが消えてしまっているかも知れない。


一九九二年四月二八日は、忘れようにも忘れられない暗黒の日だ。祖母と朝食を食べていると、原理主義者のムジャヒディーンがライバル同士でいったん手を結んでカーブルを掌握したとラジオが報じたのだ。ロシア軍の敗北を喜んだのも束の間、さらに邪悪な新しい悪魔がアフガニスタンにやってきたと祖母は言っていた。この頃に流行った言葉がある。「この七頭のロバを追っ払って、牛一頭を返してくれ」というものだ。ロバはムジャヒディーンの七軍閥で、牛はロシアの傀儡政権のことだ。

山に据えられた大砲は鳴りをひそめたが、私は再び軟禁状態に置かれた。以前は避難壕だったが、今度は家に閉じこめられることになったのだ。二週間にたった一度だけ、お店に行くか友だちのハディージャのところに遊びに行くのが許されるくらいだった。長い時間はだめで、一人で行くのもだめ。家の前の通りを行った先にある大通りの検問所からできるだけ離れているよう言われた。兵士は狂暴な目つきをしていて、長いひげを生やしていた。分割されたカーブルを目にして、悲しみがこみ上げた。敵対する民族がそれぞれ近隣のあちこちを支配していた。通りの土ぼこりだけは同じだったが、前よりもほこりっぽかった。通りに出ている子どもはずっと少なかった。以前のように大声を出したり、笑ったりしてはいなかった。

ロシア人の女性兵士にチョコレートを差し出されたお店は破壊されていて、黒くなった壁が一つだけ立っていた。小さい頃によく行ったバリコテ映画館も崩れかかっていた。近隣一帯、砲撃でぺしゃんこだった。両親によく連れていってもらった博物館は略奪に遭い、貴重な彫像はすべて盗まれていた。

両親が勉強した、ロシアによって建てられた大学を見た。ひどく損傷していて窓ガラスはすべて粉々に打ち砕かれ、壁は銃弾で穴だらけだった。ムジャヒディーンは立派な図書館の蔵書すべてを焼き払い、最新の研究室も荒らした。ムジャヒディーンによれば、書物はロシアから提供されたもので共産主義の象徴であり、焼却されなければならないのだとか。酒は犯罪者同様に邪悪であるとして、ムジャヒディーンは千もの酒瓶を戦車で圧《お》し潰して人々に恐怖の念を刻みこんだ。

以前にも増してブルカを目にするようになった。通りを揺れて漂う死体のようだった。女性の多くが大きなスカーフを被っていた。カーブルの若くて美しい女性たちはもはや化粧はせず、スカートも履いていなかった。老けて見えるようにしていて、地味な色の服しか着ていなかった。私まで違う服を着なければならなかった――それまでのよりも長いスカートを祖母に履かされたのだ。身体を十分におおっていない女性は、権力を掌握した原理主義者に鞭で打たれるという。

ラジオやテレビの番組から女性がいなくなり出した。ＲＡＷＡが活動を続けるのは、今やよほど危険であるに違いないと思った。

誕生日にはプレゼントをいくつかもらったものだが、この年に私がもらったプレゼントは折り畳み式のとても小さな赤いナイフだけだ。祖母が紙に包んで贈ってくれたもので、私にキスして言った。「ごめんよ。お前にあげられるものはこれしかないんだよ」ナイフは祖母のものだった。祖母はそのナイフをずっと前から持っていた。学校へはいつになったら行けるのかと祖母に聞いても、何も答えてくれなかった。この頃には祖母はかなり体が弱っていて、家の外に出るのが億劫になっていた。

制服を着た女の子が学校に通う姿を見かけなくなった。祖母が誰かから、男の子用の算数の教科書に載っている信じがたい文章題について聞いてきた。「ユダヤ人が十人いて、そのうちの五人を君が殺したとする。残りは何人か」「君は銃弾を五発持っていて、誰かから五発もらったとする。今、銃弾は何発あるか」というものだ。

毎朝、わが家の近くの通りをマドラサ神学校に向かう男の子のグループを目にした。祖母によれば、男の子たちはクルアーンを前にあぐらをかき、風になる木のように体を前後に揺すりながら何時間もぶっ通しで朗唱するのだとか。男の子たちはクルアーンの大方を暗記しなければならず、イスラムの法であるシャリアとともに預言者ムハンマドの人生と教えを勉強するのだ。

祖母の知り合いの、ある母親が息子をこうした学校の一つに通わせたところ、ほとんど一晩のうちに別人のようになってしまったという。母親の言うことは聞かず親子の情も示さないと、今では不満を洩らしていた。

子どもも相手に、言いようもなく性《たち》の悪い性犯罪を犯しているムラーもいると祖母は言っていた。それは罪悪であり、クルアーンの名を借りて行なわれているのだそうだ。マドラサでは単に学生、あるいは探究者を意味するターリバーンという言葉が数年のうちに世界中で有名になり、本で読んだ石器時代に私たちを突き戻すことになろうとは思いもしなかった。

その後の何ヵ月か、家から一歩も出られない日々を送った。両親は相変わらず忙しく、私は家で祖母と二人きりだった。本を読もうともしたが、原理主義者のムジャヒディーンが犯した残虐行為について祖母から話を聞く方が好きだった。人々は何の理由もなく路上で撃たれたり、ただ姿を消していった。ある検問所のことを聞いた。そこではハザーラ族の指揮官が人間の眼球を山のように積み上げているという。眼球は、パシュトゥーン族――私と同じ民族だ――の人間からえぐり取られたものだ。パシュトゥーン族も同じことを始め、残虐性の競争となった。祖母が何年か前に話してくれた、パシュトゥーン族の王がハザーラ人の頭で塔を建てたという実際の話を思い出した。

聞くところによれば、ヘズベ・ワフダート（アフガニスタン・イスラム統一党）の兵士が大勢の女性を連行してバリコテ映画館に監禁したという。女性たちは裸にされ、毎晩のように輪姦されたそうだ。

ジャラーラバードとカーブルを結ぶ幹線道路の検問所を通らざるをえない人々を殴打して拷問し、女性をレイプする指揮官について聞いたことがある。あるとき、その指揮官は一人の老人を呼び止めた。「お前、金はいくらあるんだ？」老人は、三〇〇〇ルピー持っていると答えた。「そいつをよこしな」そう指揮官が言うと、「じゃが、ほかに持ち合わせが……。カーブルの家族んとこに行かねばなりませんで、少しばかり残してもらえんですか」。老人は懇願した。指揮官は怒鳴り上げた。「お前、逆らおうってのか。俺のことがよくわかってねぇな」指揮官は老人を地面に押し倒し、腰から鞭を引き抜くと何度も何度も老人を打ち据えた。指揮官は、終始笑っていたという。

この指揮官の名はアフガニスタン中に知れ渡っていた。「人間犬」を引き連れていたからだ。人間犬は恐ろしい男だった。すごく汚らしく、髪もひげもぼうぼうで虱《しらみ》だらけ。何ヵ月も体を洗っていないと言われていて、鎖で繋がれていた。指揮官が「こいつを噛み殺せ！」と命じると、この男は四つん這いで近づいていって犠牲者に歯を立てた。

これら読み書きのできない犯罪者を店のテレビや新聞の写真で見る度に、血まみれの手や顔が目に浮かんだ。

勝利に酔うムジャヒディーン軍閥は、いわゆる「死体の舞」と呼ばれる新しい処刑方法を編み出した。兵士は鋭いナイフをこれ見よがしに振りかざし、犠牲者の首をはねる。そして血が噴出しないように首の切り口から煮立った油を注ぎこみ、体を地面に転がす。すると全身ががくがく震え出すというものだ。ムジャヒディーンはこれが楽しくてならなかった。彼らはこの見世物が大好きで、犠牲者が動かなくなるまで周りを囲んで踊り回ったという。

一九九二年のある日、妊娠した女性を兵士何人かが呼び止めた。女性は出産のために病院に向かう途中だった。女性は銃を突きつけられ、タクシーから降ろされた。俺たちは腹の中の胎児を一度も見たことがない、どうなっているのか見てみたいと兵士は告げ、その女性をレイプした。腹部が割かれた女性の遺体が見つかったのは、死後数日してからだった。ムジャヒディーンはまた、火のついたタバコを両眼に突っこんで失明させるのを好んだ。一五センチほどの釘を頭に打ちこむのも好きだった。

こうした男たちは、単に人々の恐怖心を煽《あお》りたいだけだった。助けを求めようにも、頼ってゆく先はどこにもなかった。法も正義も何もなく、暴力は新政府によって制度化された。イスラムの法に則ってとして、ロシアですら科さなかった刑罰を法として定めたのだ。手足の切断、鞭打ち、石打ちなどだ。前政権によって収監された政治犯は牢獄から解放されて自由の身となったが、新政権を批判する者がこれに取って代わったにすぎない。新しい囚人は拷問され、殺害されることも珍しくなかった。殺人犯には、公開処刑が実施された。

そして砲撃がまた始まった。一九九二年八月、あるムジャヒディーン軍閥がカーブルに砲弾の雨を降らせ、二千人近くの人が殺された。

「ムジャヒディーンはきっと、カーブル動物園から逃げ出したに違いないわ」と祖母に言うと、

「それは違うわ。動物と比較したら、動物がかわいそう。動物は犯罪とは無縁だもの。連中が仕出かしてるようなこと、決してしないもの」と言っていた。

第6章

父を最後に目にしたのはよく晴れた朝だった。父はかがんで私の髪を撫で、頬にキスしてくれた。二、三日前に手入れしたひげがちくちくした。父はコートを着て、庭から通りに出るドアのすぐそばに置いておいた靴を履いた。

最初、父は仕事で出かけるので数日戻らないと聞いていた。その後まだ家に帰らないとなると、何週間かになるかも知れないと言われた。しばらくして母と祖母が目に涙をためているのを見て、どうやらこれは全部嘘ではないかと思った。父に出された宿題が終わっていなくて、帰りが遅くなりますようにと何度も祈ったことが思い出された。しかし今回はずい分と長いこと待っていて、父が帰ってこないよう祈ったことに気が咎めた。

母は見つからないようこっそり泣いていたが、私はいつも気づいていた。祖母と寝るのはやめて、母のベッドにもぐりこんだ。夜遅く、母が体をかすかに震わせて泣いているのを感じた。私は眠っていると思っていたのだ。泣き声に気づいているのを覚られまいと、寝ている振りをした。香水の匂いがすることはもうなかった。母は使うのをやめていた。

その後の何日間か、家族揃って食事することはなかった。母も祖母も食事の支度をし忘れることがあって、私は台所に行って自分で作って食べた。母と祖母は互いに労《いた》わり合い、私に知らせたくない何かが二人を固く結びつけていた。訪ねてくる人はいなかった。たぶん母と祖母は私を巻きこみたくなかったのだろう、わが家に親戚がやってくることはなかった。父がどうなっているのか聞きたかった。牢屋に入れられているのだろうか。アフガニスタンから逃げたのだろうか。傷を負って病院にいるのだろうか。死んでしまったのだろうか。何があったのか私は薄々勘づいていたような気もするが、はっきりとはわからなかった。しかし、そのことにふれるべきではないということはわかった。私には何も知らせないという母と祖母の決定に従おうと思った。

父の書斎には誰も入らなかった。本は本棚に置かれたまま、ページがめくられることはなかった。凧の揚げ方を教えてくれたときのように、父の手が私の手にふれることはもう二度とないだろうと思った。

わが家は、祖母の夫が亡くなったときに遺したお金で食べていた。母が家にいるときはいつもそのそばを離れず、以前ほど祖母の部屋には行かなくなった。母は一人ではないということを知らせたかった。母は私と子どもの遊びをする気にはなれなかった。母は仕事を続けなければならず、私をいっしょに連れていくようになった。しかし何かの会合いくつかについて行ってそこで耳にしたことを、ある日うっかり友だちの一人に漏らしてしまった。それ以降、私は家で留守番になった。

父がいなくなってからしばらくして、母の行方もわからなくなった。私はそのとき、カーブルにさえいなかった。ジャラーラバード近くの小さな町の友だち、シャイマーのところに行っていた。シャイマーもその家族も私が楽しく過ごせるようにと精いっぱいやってくれたが、母のことがどうしても頭を離れなかった。夜は母が心配で、横になったまま目が冴えて眠れなかった。病気でベッドにいて、助けを求めている母の姿が頭を過《よぎ》った。私が家を長く空けるのを父が嫌がっていたことも思い出した。シャイマーとその両親からはもっと泊っていくよう勧められたが、四日して帰ることにした。カーブルと母のところに戻りたくて、居ても立ってもいられなかった。

わが家に戻ってみると、家の中が変わってしまったように感じられた。

祖母はベッドにいて、具合悪そうだった。頭痛がひどいときと同じように、スカーフを頭に巻いていた。祖母の目を見ると、真っ赤だった。泣いていたのだ。

どうしたのかと聞く間もなかった。祖母は私にそばに来るよう手招きし、手を差し伸べた。そして、両手を私の頬に当てた。手は燃えるように熱かった。熱がある。座らされて、目と頭のてっぺん、両手にキスを受けた。そして抱き寄せられた。

顔を胸に埋《うず》めると、祖母はまた泣き出した。「この先、お前はどうなるんだろう」

びっくりして祖母から身を離し、声を張り上げた。「どうしたの？　何があったの！」

しかし、祖母は一層激しく泣くばかり。「お前の母さんが、母さんが……」私は一人になりたくて、自分の部屋に駆けこんだ。

その日遅く、母はどこにいるのか祖母に聞いたが、答えてくれなかった。何日も何週間もが過ぎる中、たぶんもう二、三回くらい聞いてみたと思う。答えてくれるとは思わなかったけれど。自分の部屋にこもった。弔問にやってくる親戚と顔を合わせようとはしなかった。ありきたりのお悔やみの言葉を聞きたくなかった。

ベッドでできるだけ小さく縮こまったり、部屋の一方の端からもう一方の端へロボットのように行ったり来たりした。母からは二度と香ることのない、テーブルに置いたままの香水のことを思った。私の髪にオイルを揉みこもうと、金の婚約指輪をした母の手が私にふれることはこの先もう二度とあるまいと思った。

何もかもを失ったような気がした。両親の笑顔、愛とやさしさに溢れたそのまなざしをまだ思い浮かべることができた。両親と最後にいっしょだったとき、その目をもっともっと長く見つめておけば良かったと思った。当時も、そして今もなお、母と父の思い出――いっしょに遊んだ目隠し鬼のゲーム、私の宿題を点検する父の姿――が走馬灯のように蘇ってきては、はっとさせられる。

友だちに手紙を書こうとしたが、数行で投げ出して破り捨てた。何か音楽を聴こうとカセットテープを掛けてはみるものの、いつもほんの数秒で止めた。

自分の命以上に両親を愛していて、自殺することも考えた。大勢の少女が自分の家族を失ったりレイプされたりして、自殺したことを耳にしていた。自殺こそがすべて――戦争、ムジャヒディーン、殺人などあらゆるもの――から自由になれる一番簡単な方法だと思った。しかし何時間かして、そんなふうに考えた自分が恥ずかしくなった。世の中に絶望するには、私はまだ若い。両親が認めるはずはない。自殺は弱さの表れだ。自殺は、両親から教わったことすべてに反する。危うく何もかもを捨ててしまうところだった。

　会う気になれた人は、ＲＡＷＡの母の友人何人かでしかなかった。ＲＡＷＡの人は私の部屋の入口まで来て手短に話し、そっとしておいてくれた。「お気の毒に」といった中身が空っぽの言葉は言わなかった。「お母さんはお亡くなりになったけど、あなたのお母さんがそうだったように私たちも力になりますからね」「おばあさんや、ご両親の親戚もまだ無事で、恵まれてるってことを理解しないとね。だって、すべてを失った子が大勢いて、お母さんやお父さんの埋葬を手伝ってくれる人がいないんだから」と言っていた。苦しんでいる人たちのことを考え、自らの悲しみを力に変えるよう背中を押された。だからこそ、私はＲＡＷＡの人を尊敬のまなざしで見た。祖母を労《いた》わってくれ、食べ物を持ってきてくれた。

　両親が原理主義者のムジャヒディーン軍閥の命令で殺されたことがわかったのは、ずい分とたってからのことだ。何千もの人たちと同じだった。両親の死や殺害された日時などについて知っていることをここで述べることは差し控えたい。私自身の命に関わりかねない（筆者は自身が特定されないよう、本書で両親の名を明かしていない）からだ。遺体は受け取っていないし、お葬式も挙げていない。軍閥は二人の命だけでなく、その死を悼《いた》む墓までも奪ったと祖母は言う。今に至ってなお、両親の冥福を祈る墓はない。

両親が行方不明になってから間もないある日の晩、両親だけでなく、どこで、どのように、そしてなぜ亡くなったのか誰にもわからないまま殺されていった人たちすべてのための復讐を私は誓った。カラシニコフでではなく、母が殉じたのと同じ大義を胸に抱いての復讐だ。

「ねえ、聞いた？　ひどいったらないのよ！」家に飛びこんでくるなり、ハディージャが大声で言った。いつになくスカーフを被っていて、目は恐怖に慄《おのの》いている。

一九九二年の夏だった。ムジャヒディーンがカーブルを占領して二ヵ月ほどした頃だ。ハディージャはスカーフを外そうともせず、私を寝室まで引っ張っていってドアを閉めた。そしてじっとしていらなくて、部屋を歩き回りながら途切れ途切れに話した。前日の真夜中、ムジャヒディーンの指揮官が武装した男たちを引き連れ、ナヒードという一八歳の美しい子の家に押し入ったという。その子は商店主の娘で、ミクロラヨン（ロシア語で「住宅団地」の意。旧ソ連による占領下、建設された）の一画に住んでいた。カーブルの東、私たちのところより裕福な地区だ。ムジャヒディーンはきっと、スパイとして金で雇っている年老いた女の物乞いの一人からその娘さんのことを聞いたのだろう。

指揮官はナヒードの父親に、娘を譲り渡して兵士の一人と結婚させるよう迫ったが、父親はこれを拒否。「出てってくれ。よくもこんな真夜中に来れたもんだ。そいつに両親を送って寄こすよう伝えろ。わしの娘が『うん』と言ったら、嫁にくれてやる」

しかし父親の望むようにはならず、ムジャヒディーンは娘さんを捕まえようとした。娘さんは隙を見てアパート五階のバルコニーに走り出て、そのまま飛び降りたという。ハディージャは一息入れ、私をじっと見つめた。「わかる？　力ずくでさらっていこうとしたの。それで自殺するしかなかったの」レイプという言葉を使うのを、ハディージャが避けていることに気づいた。

「どういうことかわかる？　ブルカを被らないと、もう外には出られないってこと。危険すぎるの。それに、家にいたってちっとも安全じゃない。いつ何時、ムジャヒディーンがカラシニコフを手にドアを蹴破って、連れ去りにくるか知れないもの」

あまりに多くの苦難について耳にしていて、私自身もつらい目に遭っていて、「そんな話、どうして私にするの？　私に何ができる？」としか言えなかった。

「じゃあ、誰に話せばいいの？　街中《まちなか》で叫べるとでも思ってるわけ？」ハディージャはすぐさま言い返した。そして私を強くハグし、「もう戻らないと」とだけ言い残して出ていった。

祖母が台所でご飯を炊いているのを見つけ、聞いたことすべてを話した。祖母の目は涙で溢れ、声に出して祈り始めた。祖母があれほど激しく祈る姿を見たのは初めてだった。祈り終え、私に言った。「審判の日が近いってことね」

「しんぱんの日って何？」初めて耳にする言葉に、戸惑いながら聞いた。

「誰もがアッラーの前に呼び出される日のことよ。そしてそれまでの良い行ないも悪い行ないもすべて話さないといけないの。そのあと、アッラーはお決めになる。天国に行くか地獄に行くかをね。天国には乳の川が流れてて、果物の木がたくさんあって、何でも好きなものを食べられるんだよ。何かがほしいなんて言う必要もない。ほしいものを思い浮かべるだけで、たちまちそれが目の前に現れるからね」

「地獄はどんななの？」

「巨大な火が燃えてて、苦しみが二つあるのさ。業火に焼かれてすぐに死ぬか、生きたままいつまでも焼かれ続けるかするんだよ。おまけに悪人は、大きな棘《とげ》の上に座らされたりもする。悪人の食べ物はあるかなしかのパンだけで、水はもらえないのさ」

ナヒードは自殺だったので、普通に考えたら罪を犯したことになる。しかし窮地に立たされてのことだったので、きっと赦されるだろうと祖母は言う。

祖母によれば、天国に行くには正直で親切であること。そして貧しい人を助け、お年寄りを敬わなければならないのだそうだ。ただ理解できなかったのは、祖母は新たな惨事について耳にすると、私たちは自らの罪業《ざいごう》が祟《たた》って天罰が下っているのだといつも言っていたことだ。私自身何か悪いことをしていて、私の家族や近所の人だって何かしら身に覚えがあるはずだと思ってはいた。しかし、それがどんな罪業なのかはわからなかった。近所の人に聞いてみた。友だちのハディージャにも。しかし、その答えを知っている人はいなかった。

ナヒードが自殺した翌日、母のＲＡＷＡの仲間何人かに連れられてナヒードに会いに行った。ナヒードの死後すぐ、父親は遺体を彼女のベッドに寝かせてあげた。父親は遺体を担ぐのを友人に手伝ってもらい、街中《まちじゅう》を練り歩こうとした。ムジャヒディーンの所業を世間に知らせたかったのだ。

しかし、兵士何人かに制されたという。到着してみると大勢の人がナヒードの遺体を囲んでいたが、私は近くに行かせてもらえた。遺体は白いシーツでおおわれていた。ほっそりとした卵型の顔をしていて頬骨は高く、肌はほぼ黄色い色をしていた。血はついていなかった。ナヒードの小さな口が開かないよう、頭の周りと顎の下を紐で縛ってあった。

ナヒードにふれたりキスしたりはしなかったが、声をひそめて話しかけた。彼女の死に責任のある連中を裁判にかけること、そして奴らが犯した、この恐るべき所業の責めを負って罰せられるのを必ず見届けることを約束した。口先だけの約束ではない。いつの日かきっと、彼女への約束を果たす覚悟だった。

このようなことは、ロシア兵でさえしなかった。ムジャヒディーンが娘をさらいに家にやってきたのを目にして、連れ去られる前に自らの手で娘を殺した父親がいるという話を聞いた。夜になって恐ろしい顔をしたムジャヒディーンがわが家にやってきたら、私はどうなってしまうのだろう。

ムジャヒディーンがカーブルの女性に加えた暴力、そして拷問や殺人についてのあらゆる噂を耳にして、祖母は大きく体調を崩した。自分が信じるイスラム教の名において釘が人間の頭に打ちこまれ、ナヒードのような娘があんなふうに死んでいったことを知って、祖母は打ちのめされてしまった。

祖母はもはや、私が幼い頃から知っているその人ではなかった。泣いているのをよく目にするようになった。ティッシュで涙を拭いてあげる度に、目の周りには小さな皺《しわ》が新たに刻まれていくようだった。

　痩せてきて食が細くなり、口にするものと言えば夕方の牛乳一杯だけ。もっと食べないと、飲んでいる薬が却って体に障るからと話した。「今は何もほしくないのよ。あとでね。あとで食べるわ」と言っていた。

「泣かないで。どうして泣いてるの？　おばあちゃんが泣いてると、私まで悲しくなる」しばらくして、祖母は泣かなくなった。そして私に言った。「お前が生きてさえいれば、おばあちゃんはうれしいわ。大事なのはそのことだけ」

　祖母は体の痛みに顔をゆがめて立ち上がり、台所に向かった。少しの間、忙しげに何かしていた。戻ってくると、手にフライパンを持っていて、調理していたらしい小さな茶色い種から煙が立ち昇っていた。私の周りを歩くと甘い匂いの煙が私にふれ、祖母は邪気払いの祈りを唱えた。「わが娘に恵みを。わが娘を守り給え、救い給え」

　祖母のクルアーンはそれまでほぼ一日中テーブルに置いたままだったが、今では絨毯の上にいつも開かれていた。そして、朝から晩まで祈っていた。祖母の信念は変わった。「ええ、もちろんアッラーは信じてるわ。でも何かを成し遂げるには、お前は自分自身の力も信じるんだよ」とだけ言っていた。

　しかし夜になると、自己憐憫と憤まんに満ちた声でアッラーに祈りを捧げる声が聞こえた。「ああ、全世界の庇護者よ。我はイスラム教徒なり。アフガニスタンはイスラム教徒の国なり。しかし今、邪悪な輩が我らを殺しにやってきている。アッラーよ、いかなる罪を犯したがために我らは殺されるのでしょう。アッラーよ、助け給え」

私はそれまで、親類や近所の人が亡くなったときの祖母の言葉に疑いを挟むことはなかった。「アッラーの手に委ねられているのよ。私たちの窺い知れない理由があって、アッラーがお召しになったの。これでいいのよ」しかし今では祖母までが神に疑念を抱いていて、私は何を信じたら良いのかわからなかった。

第3部

新しい名前と自由

第７章

亡命に向けて話が進んでいようとは何一つ知らなかった。一九九二年、私は一四歳になっていた。祖母は私に内緒で、家にやってくるＲＡＷＡの人と何週間も前から話し合っていたのだ。カーブルで直面している危機的な状況と、私がきちんとした教育を受けることの必要性についてだ。父と母の親戚からは私の養育を引き受けるとの申し出があったが、祖母といっしょにいたかったし、祖母が決めたことなら何でもしようと思っていた。

祖母はアフガニスタンからの脱出を考えていた。とりわけナヒードが亡くなった後、ムジャヒディーンがいつ何時《なんどき》私を拉致しに家に押し入ってくるかわかったものではないと恐れたからだ。祖母はまた、体調が悪すぎて私の面倒をきちんと見ることができないと考えるようになっていた。

計画について、祖母が私に相談するということはなかった。祖母は自分の前に私を座らせ、どうしなければならないか話した。出発は明朝だという。国境を越えてパキスタンの町に行き、私は学校に通うことになる。

カーブルを去ることを祖母は残念がっていた。祖母の人生はカーブルにあったし、ほんのたまにしか会わない自身の子もカーブルにいたからだ。「おばあちゃんだけだったら、何があろうと今も大好きなここを離れやしないわ。でも、お前の身の安全と将来を考えなくちゃね」そう言っていた。ＲＡＷＡから脱出の話を持ちかけられ、祖母はこの機会を逃さないことにしたのだ。

私がぐずぐず言うことはなかった。祖母が私のためにと思って決めたことは何であれ正しいと、感覚的にわかっていた。「どんな学校に行くの？」と尋ねただけだ。

「わかんないけど、きっといいとこだよ。パキスタンで新しい生活を始めるんだよ」と祖母は答えた。「それと明日、どこ行くのかって誰かに聞かれたら、親戚に会いに行くとだけ言うこと」

いつもなら家ではとても動きが鈍い祖母だったが、その日はすごい勢いで動き回っていた。絨毯を丸めたり、汚れないようにとあれやこれやを紙で包んでいた。

私はたくさん持って行きたかった。本やおもちゃ、自分の部屋にあるお気に入りの何もかもを。しかし急ぐことになるから、ほんの少しにするよう言われた。祖母は私のためにと、バッグ二つを詰めて用意した。バッグは二つとも衣類がほとんどで、夏物と冬物の両方が入っていた。いつまでいることになるかわからなかったからだ。衣類以外には、お人形さんのモージデと詩の本数冊だけが持っていくことを許された。何年か前に父からもらった大きな毛むくじゃらの熊は後に残していくほかなかった。

その夜は祖母の部屋にいて寝つけず、寝返りばかり打っていた。次はいつわが家で夜を過ごせるのだろうと考えていた。知らない国に行こうとしていて、そこに知っている人は誰もいない。その国の言葉さえ話せない。私だってカーブルから出ていくのは嫌だった。しかしただ一人残された祖母といっしょなら、私は立ち向かえる。学校に行くことが母の仕事を引き継ぐ唯一の道なら、カーブルを後にする覚悟はできていた。すぐにでも働きたいと、どれだけ祖母に話したことか。返事はいつも同じだった。「まずは自分の教育を終えること。そしたら仕事について考えてもいいわ」頭の中を疑念と疑問がぐるぐると駆け巡り、眠れたのはほんの三時間ほどだった。

明け方、礼拝の時を告げるモスクからの呼び声で目が覚めた。祖母は祈りを済ませるとクルアーンを丁寧に布で包み、バッグに収めた。そして道中に備えて、ビスケットと水も詰めた。

さようならの挨拶をしたのは、近所に住む友だちのハディージャだけだ。プレゼントはなく、何か用意する時間もなかった。どこに行くのかは知らせた。「ハディージャんとこも国を出た方がいいよ。ここには安全なんてないから」

「すぐにでも出ていきたいって、両親はいつも言ってる。どこに行くかはわかんないけど」

九時になって、ＲＡＷＡから来た女性が土塀のドアを叩いた。すごく大きなスカーフを被っていた。目元を除いて、顔は完全に隠れていた。

ＲＡＷＡの人がドアのところに立っているのを見て、母が汚れた黄色いブルカを着てそのドアにやってきたときに肝を冷やしたことを思い出した。

「通りの先で車が待っています。運転手さんはいい人で、これまでたくさん仕事をしてもらっています。信頼の置ける人ですよ」ＲＡＷＡの人が言った。

ＲＡＷＡの人を外に待たせたまま、祖母が部屋から部屋へと窓やドア——私の部屋や父の書斎、両親の寝室の——の戸締りをする後をついて回った。祖母は今にも泣き出しそうだったが、どう慰めてあげれば良いものかわからなかった。頭の中は、全部の部屋をしっかり見ておこうという思いでいっぱいだった。祖母も私も一言も口を利かなかった。

重いバッグを両手に、祖母と並んで通りの端まで歩き、車に乗りこんだ。カーブルを囲む山々——私の友だちだ——にもさようならを告げた。少しの間だ、と自分に言い聞かせた。数ヵ月したら戻ってこられるさ、きっと。

私は大きな表示をじいっと見た。「ワタン（ペルシャ語で「故郷」の意）女子学校」と書いてある。学校は大きな平屋建ての建物で、白と青、緑で塗られていた。私は一四歳、学校と名のつくところに初めて来た日だった。

祖母も私も疲れ切っていた。二日二晩の旅だった。車でのアフガニスタン国境までの道中、検問所を通過する度にはらはらした。そしてパキスタンのペシャーワルに着き、そこからは列車でクエッタという町に向かった。クエッタの駅では別の運転手さんが待っているはずだった。国境を越えて間もなく、私はクエッタの学校に寝泊まりして祖母はクエッタのどこかで暮らすことになると知らされた。私は泣いて反対したが、無駄だった。別れ別れに暮らすことになると家を出る前に聞いていたら、カーブルを離れることにうなずきはしなかったと祖母に言った。

学校の門が開き、車は中庭に入っていった。先生が何人か挨拶に出てきた。そして青と白の制服を着た年の違う女の子たちがたくさん集まってきて、私を見つめていた。

私は泣き出しそうだったが、泣き顔を見られるのが恥ずかしくて懸命に涙をこらえた。「おばあちゃんはどこ行くの？　私、おばあちゃんといっしょに行く。おばあちゃんと離れるのは嫌」

背の高い、首が長くてきれいな先生が祖母のところに行き、その手にキスした。その先生はパキスタンの多くの女性のようにシャルワール・カミーズ（南アジアの民族衣装）姿で、ズボンを履いて裾が膝まで届く長いシャツを着ていた。先生たち――全員がアフガニスタン人だ――が欧米風の服装ではなくてこうした身なりでいるのは、街で目立たないようにするためだと知ったのは後になってからだった。

祖母は先生の両頬にふれ、先生の頭にキスした。お年寄りの女性に典型的な、尊敬の念の表し方だ。

先生は自分の名はハミーダだと言って、にこっとした。「心配しないで。学校、気に入ると思うわ。おばあさんとも近いうちに会えるようにしますからね」

「金曜に会いに来なさい。安息日（イスラム教では金曜日が休日）に」祖母から言われた。

ハミーダ先生はやさしかった。祖母から引き離そうとはしなかった。学校の先生がこんなにやさしいとは思いもしなかった。とても厳しいと、いつも聞いていたから。ハミーダ先生にはやめてほしいとお願いしたのに、女の子何人かに紹介された。先生はその子たちに、私の勉強を手伝うよう言っていた。私は気持ちがひどく沈んで戸惑ってもいて、その子たちに話しかけることも一人一人の名前を覚えることもできなかった。

その朝は、女の子たちといっしょに教室には行かなかった。ハミーダ先生にどうしてもと頼みこんで、最初は祖母と私だけで空き教室にいさせてもらった。その間、先生にもらった教科書に目を通した。しかし二時間ばかりして、祖母に言った。「おばあちゃん、私、もう大丈夫。もう行ってもいいよ」

茹で豆と目玉焼き、そしてご飯の昼食は変な感じだった。祖母と二人きりで食べることに慣れていたせいだ。しかしここでは、生徒全員が絨毯に座って食べる。先生たちも私たちといっしょに座り、私たちと同じ食事をする。教師と生徒の別はなかった。

昼食が終わり、何人かの子がいっしょに遊ばないかと誘ってくれたが、今日はやめておくと言って断った。ほかの子たちからできるだけ離れ、大きな石の上に座って自分一人になれる場所を中庭で見つけた。

その日の午後、パシュトゥー語——アフガニスタンで広く話されている言語——を教えているハミーダ先生に呼ばれ、先生の部屋に行った。「学校が楽しいといいんだけど。学校は初めての経験だってことはわかってます。慣れるまではしばらく時間がかかるかも知れませんね。ただ、あなたに少し話しておきたいことがあるの。この学校がどう運営されているかってことについてね」

学校にいる女の子たちはアフガニスタン中から来ているのだそうだ。パシュトゥーン族——私がそうだ――ばかりでなくハザーラ族の子もいて、これまで聞いたこともない民族の子もいるという。

「でも、ほかの子たちにはどの民族の出身なのか絶対に聞かないこと。自分と違うからといって、笑ったりしないようにね。ペルシャ語の話せない子もいるし、あなたには変に聞こえるアクセントで話す子もいる。顔つきがあなたとまるで違う子もいるわ。そうした違いを尊重すること。出身がどこであれ、そのことであなたより優れているとか劣っているってことにはならないのよ。暴力は禁止。喧嘩したり、髪を引っ張ったりするのもだめ。友だちや姉妹として接するようにね」

祖母は私を学校に預けたのだった。教育費はＲＡＷＡが負担してくれるという。学校を卒業する頃には、私は違う人間になっていなければならない。でないと、学校で過ごした時間は無駄だったということになってしまうから。授業は先生の前で数時間、ただ椅子に座っているというようなものではなかった。宿題をするのも良い点数を取るのも自分次第。勉強するのは先生に言われるからではなく、自分自身のためだからだ。先生たちのことは友人であるばかりでなく、母親でもあるという見方をした方が良さそうだった。

「仮にホームシックになっても、ほかの子の前で家に帰りたいなんて言わないこと。学校にいる子はみんな、家族をアフガニスタンに残してきてるの。何ヵ月も家族に会っていない子もいる。中には数年会っていない子もいるのよ。その子たちを苦しめることになるだけだもの。こうした決まりを守ることができないのなら、厳しく当たらざるを得ません。ここの子たちに手を上げたくはないけれど、取り返しのつかないことをしたとなれば致し方ありません」

「何か質問はありますか」説明が終わり、ハミーダ先生から聞かれた。

「ありません」聞きたいことは何もなかった。私はひどく気後れして混乱してもいて、先生に対して口を利くことはできなかった。

その後、寄宿舎に案内された。部屋は細長く、生徒六〇人の二段ベッドが並んでいた。私のベッドは部屋の一番端の上段だったので良かった。そこでなら、邪魔されずに一人でいられる。その晩、ベッドに入る前に手足を洗って髪を梳かすよう言われた。

一一時に消灯したが、寝つけなかった。ハミーダ先生に言われたことや祖母のこと、カーブルのわが家のことを考えた。私は言われた通りわが家を出たが、祖母と別れることも余儀なくされた。モージデさえ抱きしめることができず、ベッドで独りぼっちだった。学校の子たちがさわりたがって壊されやしないかと、祖母に預かってもらうことにしたからだ。

頭まで毛布を被り、誰にも聞かれないよう声を殺して泣こうとした。しかしすぐ下で寝ているサージダが聞きつけ、梯子を上ってきて私の横に座った。サージダはベッドから足をぶらぶらさせながら、私が被っていた毛布を引っ張った。私は毛布を強くつかんだ。

「ほっといて」噛みつくように言った。

サージダは引っ張るのをやめて、「泣いてるの？」と聞いてきた。

「泣いてなんかない」毛布の下で目と鼻を手で拭いながら嘘をついた。

その返事をサージダは気にも留めず、「何で泣いてるのよ？」と言う。

私は黙っていた。

そばにいることで私の気持ちは大分落ち着いてきた——私は泣きやんでいた——と、サージダは察したに違いない。私は毛布でまだ顔をおおっていたが、サージダはアフガニスタン西部の村に暮らしている両親と三人の姉妹について話し始めた。家族からは数週間、何の知らせもないという。自分の弱さが恥ずかしかった。私を慰めようと、サージダをベッドから脱け出させてしまったことが恥ずかしかった。生徒全員、遠くアフガニスタンの地に残してきた家族が恋しくてならないのだと、ハミーダ先生が話していたことを思い出した。少なくとも私には、同じ町に祖母がいる。

「自分ちに帰りたいの？」サージダに聞かれた。

ゆっくりと毛布を下にずらした。精々、目が外に出るくらいだ。「ううん。家には帰りたくない」

「さっ、心配しっこなし。明日になれば、みんないっしょよ。たぶん最初、勉強はちょっとむずかしいかな。でも、みんなで手伝うから。この学校、きっと好きになると思う。みんなそうだったし。この学校にいられて運がいいのよ、私たち」

サージダにやさしくしてもらったのに、その夜はよく眠れなかった。夜中になって先生が一人、寄宿舎に入ってくるのを目にした。何をしているのかな、と思った。寝た振りをして、毛布越しに薄目で見ていた。話しかけられるのではないかと、びくびくしていた。話しかけられても、私には話すことなど何もなかったから。後になって、先生三人が一晩中、二時間交代で学校中を巡回していることを知った。中庭や表の通りに目を光らせるだけでなく、寝つけずにいる子の話し相手にもなるという。

翌日の明け方になってようやく眠りに就いた頃、アザーンに目を覚まされた。何人かがベッドを出て絨毯の上で祈りを捧げ、またベッドに寝に入った。祈りをあれほどきちんと守る子を見たのは初めてだった。祖母と同じくらい宗教を大切にしているようだった。

しかし、ほとんどの子はぐっすり眠っていた。中には揺すられたり、顔に指先の水を弾《はじ》かれたりしてようやく起きる子もいた。洗面所には長い列ができ、流しで金《かな》だらいを水でいっぱいにして顔を洗った。

第8章

元々子どもより大人といっしょにいる方が好きだったので、入学したての頃はつらかった。しかし日課表はとてもきちんとしていて、学校生活に慣れる助けになった。普段から規則は嫌いだったが、校則にはロボットのように従って皆と同じように行動した。

最初、自分の制服が持てると聞いてうれしかった。本当に学校の生徒みたいだった。見てみようと早起きし、そっと着てみた。制服の色はライトブルーで襟は白、袖口には白のカフスボタンが付いていた。しかし数日して、日に何度も着替えなければならないことにうんざりしてきた。午前中の授業は制服だが、昼食の前に自分の服に着替えなければならない。昼食後は宿題を済ませ、その後でまた着替える。午後に二時間ほど体育があって、今度は白のスポーツウェアだ。そして夕食前、さらにもう一度着替えることになる。また自分の服だ。

一週目の週末、ハミーダ先生に呼ばれた。「あなた自身で決めてもらいたいことがあるの。今後の生活だけど、寄宿舎にする？　それともおばあさんのところに行って、そこで寝泊まりする？」

どう言えば良いかわからなかった。祖母のところで、と言いたくなった。祖母が恋しかった。そう、寄宿舎を出たくて仕方なかったのだ。しかしそう答えるには、生来の意地っ張りが邪魔をした。祖母と別れて、まだほんの数日にすぎない。ほかの子たちは自分の家族と離れてから数ヵ月だ。数年になる子もいる。

「寄宿舎に残ります」

ハミーダ先生はにこっとした。「そう言うと思ったわ」

ゆっくりとだったが、友だちが増えていった。七歳から一六歳までの子たちだ。かなり異年齢の生徒でクラスが編成されることがよくあって、若い子たちは年上の子をからかった。「私たちといっしょに勉強だなんて、年が行きすぎてない？」と言って、笑った。私はトカゲが苦手なことをすぐに嗅ぎつけられた。そして中庭で一匹見つけると私のところに飛んできて、悲鳴を上げて逃げ出すまで鼻先に突きつけられた。

生徒は皆、それぞれずい分違う顔かたちをしていて、今まで一度も聞いたことのないアクセントで話していた。ある生徒は山深いヌーリスタン州の出身だった。アフガニスタンで最も後れた地域の一つだ。その子が学校に来たばかりの頃はあらゆる校則に慣れることができなくて、先生との言い合いが絶えなかったという。その子はある日、耳がすてきに見えるものがあると言って、一人の生徒を呼び止めた。そして、その生徒の耳にとても小さな石を押しこんでしまったのだ。かなり奥まで押しこまれて、その生徒はＲＡＷＡが運営するマラライ病院に送られたそうだ。

新入生が学校に虱《しらみ》を持ちこむこともあった。授業は急遽中止となり、六〇人の生徒全員が中庭に連れていかれて日向に座らされた。先生たちはかがみこんで私たちの髪を調べた。祖母からはどれほど嫌な虫かと度々聞かされていて、私は虱に集《たか》られたことはなかった。その場から逃げ出したかったが、ほかの子たちと同じように検査を受けるよう強く言われた。髪を先生の指で掻《か》き分けられ、恥ずかしくて顔が熱くなった。

サイマは私より一つ年上で、クンドゥーズ近くの農家の出だった。髪がとても長く、いつもオイルを浸みこませていた。私にはそれがどこか奇妙だった。サイマは最初から宿題を手伝ってくれ、特にパシュトゥー語の授業——パシュトゥー語を話すのは私よりずっと上手だった——で助けてくれた。私たちは仲良しになった。私はサイマに憧れていた。サイマはＲＡＷＡのメンバーと出会った後、因襲的な考え方の家族が引き止めようとするのを振り切ってこの学校に来ていたからだ。その話を聞いて、自分が情けなかった。私は誰かに逆らってまで何かをしたことはなかったから。

学校に来て最初の金曜日――学校に残るか、それとも祖母のところに行くかとハミーダ先生に聞かれた翌日――、私は祖母に会いに行った。祖母の家までは車で連れていってもらった。学校から三〇分だった。祖母にハグして、ほっとする思いだった。祖母は未だに、タルカムパウダーの同じ温かな匂いがした。モージデにも挨拶した。しかし、ほんの少しの間だ。私と顔を合せても喜んでいるようには見えなかった。

祖母が用意してくれた食事をとった。ご飯と、油をたっぷり使って私好みに調理された子羊の肉だ。祖母は、カーブルにいたときよりも気が滅入っているようだった。白髪が増えたようにも見えた。額から後頭部にかけて灰色の布切れを巻いていた。

どれほど祖母に会いたかったかと、素直に口に出して言えなかった。学校は楽しいかと聞かれ、「うん」と答えた。学校に置いていかれたことへの不満は口にせず、祖母を慰めようとした。

人生は変わってしまった、ずい分年を取ったような気がすると、祖母は言っていた。家はカーブルのわが家よりも小さくて二部屋しかなく、RAWAのメンバーと二人で暮らしているのだそうだ。

祖母を笑わせようと、冗談めかして言った。「おばあちゃん、私は重荷だったたって白状しなさいよ。私を学校に入れたのは、厄介払いしたかったからでしょ？」

祖母はかすかにほほ笑んだ。「そう、そうともさ。お前は本当に重荷だった。とっても大きくって、とっても重くってね。さっ、もう学校に戻りなさい。でないと先生に叱られるよ」

やがて何ヵ月も何年もが過ぎる中、祖母とは次第に顔を合せることがなくなっていった。祖母はお腹にたまるものをいつも料理してくれた。学校には肉や果物を週に一回以上食べさせる余裕はないとわかっていたからだ。私は市場で買ったちょっとしたプレゼントをいつも持っていったが、「お前はちっとも顔を見せなくなったね。おばあちゃんのことなんか、もう忘れちゃったんだろ？」とよくこぼした。

「勉強のことで頭がいっぱいなの。カーブルでずっと無駄にしてた時間を取り返して、みんなに追いつきたいの」と私は答えた。祖母はうなずいて言っていた。「お前が満足してるんだったら、おばあちゃんは何も言うことはないよ」私が学校に行くようになる前から、カーブルでのようにお互いの気持ちが通うことは二度とあるまいと祖母にはわかっていたような気がする。

歴史は好きな科目の一つだった。祖母が話してくれた歴代の王のことをもっと詳しく知りたかった。カーブルで読んだ本にはこうあった。アフガニスタン人の義務はまずはアッラー、そして次は王に従うことであり、王の権威はアッラーに次いで二番目である、と。しかし学校で教わったのは、それは誤りで、王は二番目の神ではなくて私たちと同じ普通の人間だということだった。だからもしも王が国に対して何か間違ったことをしたなら、王に背くのは私たちの義務だという。そうと知って、自らに問いかけた。「だったら、王にはどうしてあんなに大きな宮殿が自分たちだけのためにあるの？　普通の家でだって暮らせるんでしょ？　貯めこんだお金は、臣下である国民のために使ったっていいはずだ」

ペルシャ語の授業は最初、父の膝の上に戻ったような感覚があった。この言葉について文章を書けと父が課したのとまったく同じで、先生は黒板に言葉――学校、ロシア人、傀儡政権、そして自由など――を一つ書き、その言葉について気の利いた文章をひねり出すよう求められた。私はいつも思いつくのが早かった。父のお陰だ。

英語はむずかしかった。他の科目とはずい分違っていた。しかし英語は、アフガニスタンがどうなっているのか他国の人に伝えたり、ペルシャ語に翻訳されていない本を読んだりするのに役立つと先生は言っていた。数学、料理、そして裁縫は大の苦手だった。数学の試験では先生の目を盗んで、サイマがカンニングの片棒を担いでくれた。意味をなさない数字で頭がいっぱいになると、サイマは私の目に絶望の色を見て取って、写すようにと素早く答えを回してくれた。先生はたぶん、何が行なわれているのかわかっていたような気がする。しかし私はほかの子より勉強がずっと遅れていたし、かといってほかの科目については成績が良かったので見逃してくれたのだろう。数学は低い点数しか取れなかった。裁縫の提出物があると、代わりにやってくれないかと友だちの一人に頼みこみ、自分の作品の振りをして提出していた。

忘れっぽくて、ひどい目に遭ったことがある。学校の事細かなスケジュールに馴染むことができなかったのだ。ほかの子たちはひと月前から自分の予定表に試験日をメモして、きちんと準備していた。しかし私はといえば、ある科目の試験のつもりで教室に行ったところ、別の科目の試験だったということがあった。そう、その試験はペルシャ語のはずだった。ペルシャ語は得意科目だったので、何の問題もない。ところが配られた試験用紙を見て、頭の中が真っ白になってしまった。ペルシャ語ではなく、数学だったのだ。自信満々だったので、誰か助け船を出してくれそうな子の隣に座ってはいなかった。結局、試験用紙には名前だけで、答えは何一つ書けずに提出する破目になった。このことを友だちに話すと、皆びっくりしていた。「試験がどういうものかわかってない子って、学校であんただけよ」とからかわれた。恥ずかしかった。事前に友だちに聞くことを忘れないようにしたが、それでも度々窮地に立たされた。

特定の宗教が課せられることはなかった。宗教をどれか信じるにしても、信仰は人と神との個人的な問題であって教師が口を挟むことではないとされていた。生物の授業では人体図を見せられ、赤ちゃんがどうやって生まれるかを知った。先生は質問すべてに答え、避妊の仕方について教えてくれた。子どもが八人、もしくはそれ以上いる貧しい家庭の場合、親子共々健康を危険にさらすことになると教わった。十分な食事と良い教育、そして医療に手が届くのであれば、その限りにおいて大家族は許容されるということだった。

女性は男性の性の奴隷になってはいけない、男性と同様に性の喜びに浴する権利があるとも教えられた。若い女性に対する性的暴行は、被害者から性的な喜びを生涯奪ってしまうという。こうしたテーマがごく自然に話し合われるのを目にするのは初めてだった。オルガスムスという言葉も初めて聞いた。

私たちは皆、いつの日か恋に落ちて、結婚する男性を選ぶことができたら、と考えていた。私の家族の教えは常に、見合いで押しつけられた相手といっしょになってはならないということだった。しかし私は、何が何でも結婚しなければならないと思ったことはない。「女の子は両親の家にやってきて、いずれ去っていく客人」とお年寄りの女性が言うように、自分の家で育ち、やがて夫の家に嫁いで子を産み育てることが女の子の願いだとアフガニスタン人の多くが考えている。考えが狭いと思った。家に閉じこめられてたまるかと思った。夫の召使いは願い下げだ。何を料理しろとか、何にどうお金を使うかなどあれこれ指図されるのはお断りだった。

結婚前に男性と性的関係を結ぼうと思ったことはない。欧米ではこうした関係は当たり前と考えられていることを学んだが、私たちにとっては異常な考えだった。そうした考え方自体、好ましいとは思えなかった。結婚前に私が男性とキスすることはないし、婚約前に男性と夕方出歩くこともない。私は、自分の両親のように生きていきたいと思っていた。二人は結婚後、互いに愛を育んでいった。

第９章

カーブルでほんの少しの間教わった先生とは違い、この学校の先生は仕事を生きがいにしているように思えた。とりわけハミーダ先生だ。私が授業で何も学ばずに一時間を無駄にしたとしたら、先生はひどくがっかりしたことと思う。先生は三〇歳くらいで、独身。弟さんはロシア軍との戦闘で亡くなっていた。私は先生をことのほか尊敬していた。

ある日の朝、授業が突然中断され、生徒全員が中庭に集まるよう指示があった。ハミーダ先生は私たちを列に並ばせ、厳しい面持ちで私たちの前に立った。

「職員室からお金がなくなりました」と発表があった。「これが初めてではありません。ですが、今回は盗難を止める必要があります。誰の仕業かはわかっています。でも先生はその子が前に出てきて、『盗んだのは自分です』と言ってほしいのです。その子が前に出るまで、ここで待ちます」

皆、黙っていた。誰がお金を盗んだのか、私にはわからなかった。誰が盗んだのかすでにわかっているなら、どうして皆の前に出てこさせる必要があるのだろう。

何時間とも思えるほどの時間がたち、ハミーダ先生は中庭の木の方に歩いていって長い腕を伸ばし、細い枝を折った。「わかりました。当人が前に出てこないなら、クラス全員に罰を受けてもらいます」

サイマと私は唖然として、目を見交わした。傍らに立っていた先生たちも驚いて、互いに顔を見合わせている。ハミーダ先生がまさかそんなことを言い出そうとは、誰も予想していなかったようだ。

生徒は一人ずつハミーダ先生に呼ばれた。私の名前が呼ばれ、できるだけ早足で先生のところに行った。手を開きながら、先生とは目を合わすまいとした。小枝が強く手のひらを打ったが、血が出るほどではなかった。痛みは大して感じなかった。我慢ならなかったのはむしろ、罪を犯した子はたった一人なのに、関わりのないたくさんの子が罰せられたということだ。ハミーダ先生の取った行動が理解できなかった。

数日して別の集会があった。今度はどんな理由で罰を受けるのだろうと思ったが、罪を問われるのはハミーダ先生だということが間もなくしてわかった。「抗議集会」だった。友だちの話では、学校や先生を自由に批判して構わないという。ありえないと思った。批判だなんて、敬うべき先生に対してそんなことをしていいの？

集会では先生が何人か立ち上がり、ハミーダ先生は間違いを犯したと批判した。事件解決に躍起となって判断を誤り、教師としての信頼が失墜しかねない過《あやま》ちを犯した、と。私はハミーダ先生が気の毒でならず、前の集会について皆はどう思うかと先生たちに問われても黙っていた。いずれにしても私はひどく内気で、大勢の前で発言することなどできなかった。

しかしサイマは立ち上がった。ハミーダ先生の取った行動は間違えている、罪を犯した子だけを罰する方がずっと賢明だと主張した。

そんなことを言ったら、サイマはお説教されてまた鞭で叩かれるのではないかと思った。ところが何と、ハミーダ先生は立ち上がるなり自らの間違いを認め、私たち全員に謝罪したのだ。大人が子どもに謝るのを初めて見た。どんなことであれ、祖母や両親が私に謝ったことなど一度としてない。

後にハミーダ先生が私に説明してくれたのは、子どもが大人を批判するのは何の不思議もないということだった。「民主主義は、そうやって機能するのよ。誰もが自分の考えを自由に言うことができなくてはいけないの」異議申し立て集会は月に一度開かれたが、私は一言も発言しなかった。何人かの先生からは参加意欲のなさを批判されもした。「発言しないことで、いい成績をもらおうだなんて思わないでよ」そう言われた。「権力者を批判するのはあなたの義務なの。やっていることが間違っていると、心から信じるならね」しかし私は、頑として発言しようとはしなかった。

私たちが鑑賞した映画にしても、たいていはある種の抵抗をテーマにしたものだった。『スパルタクス』（紀元前七三年から七一年に起こった、ローマ帝国史上最大の奴隷反乱。反乱の中心になったのは剣闘士奴隷のスパルタクス。ローマ共和制の基盤である奴隷制を揺るがす、建国以来の危機だった）はたぶん、一〇回以上は観たと思う。『ジュリア』も大好きで、反ナチ運動のための資金をドイツにこっそり持ちこむ使命を帯びたユダヤ人作家をジェイン・フォンダが演じていた。『スチェスカの戦い』もあった。映画ではリチャード・バートンがチトー元帥を演じていた。チトーがユーゴスラヴィアで戦った戦争は、アフガニスタンでの戦争にとても似ていると思った。当時は知らなかったが、恋人同士がとても情熱的にキスを交わすシーンは生徒に鑑賞させる前にカットされていたのだそうだ。

自分の学校が特別だということに気づいたのは、校門に警備員が常駐していたからだ。武器を持っているかどうかはわからないが、射撃訓練はしていると友だちは言っていた。警備員は何を守っているのだろうと考えるようになり、それは学校の建学の精神だということが次第にわかってきた。

RAWAが学校を創設できたのは、アフガニスタンやほかの地域の支援者による寄付、そしてパキスタンの難民キャンプでの主に女性の手になる絨毯や手工芸品の売り上げのお陰だ。学校は、私が子どもの頃に母が身を賭して闘った理想を固く守っていた。教師や生徒を選ぶのも、教科をどう教えるかを決めるのもRAWAだった。学校での学習内容が敵視され、生徒はパキスタンにいるアフガン人原理主義者の襲撃にさらされる危険があった。そのため、絶えず警備が必要だったのだ。クエッタやその周辺地域にはアフガン難民が溢れていて、その多くが危険な輩だった。

生徒は誰一人、勝手に校外に出ることは許されなかった。私が祖母のところに行くときは、必ずRAWAの運転手さんが車で送ってくれた。門を出る前に車に乗るよう、いつも言われた。遠足は滅多になかった。一度、クエッタの公園にあるジャヒール湖で一日過ごしたことがある。草の上に敷いた絨毯に座って茹でたじゃがいもと肉の昼食をとる間、RAWAの男性支援者たち——たいていはＲＡＷＡのメンバーの親類か友人――がずっと見張りに立ってくれていた。

校外には気軽に出ることができなかった分、午後は毎日体操やバドミントンなどスポーツの授業が二時間あった。できるだけ長い時間、生徒が屋外で過ごせるようにとの配慮からだ。暖かい日はいつも校庭の隅に絨毯を敷いて座り、私たちは外で宿題をやった。

生徒の中にはＲＡＷＡのマラライ病院に二、三日もぐりこもうと、病気の振りをする子もいた。しかし、仮病はたいてい先生に見破られた。マラライ病院は普通の病院ではなかった。病棟にはＲＡＷＡのポスターが貼られていて、スタッフは女性患者に自らの権利について話し、非識字の女性には読み書きの勉強を勧めていた。

ロシアによるアフガニスタン占領の間、パキスタンは中央アジアにまで及ぶイスラム圏を構築しようと、ムジャヒディーン原理主義派が自国の領土を活動の拠点として使うことを容認していた。これら原理主義派は、事務所と何千ものイスラム教神学校マドラサを難民キャンプやパキスタン各地に設立した。これによってターバンを巻いた学生集団の、ＲＡＷＡに制裁を加えるべしとする空気が醸成されることになった。ＲＡＷＡは彼らの価値観への脅威であるばかりでなく、ムジャヒディーンによる犯罪に対して歯に衣着せぬ批判をくり返していたからだ。この上なく暴力的なアフガニスタン人亡命者の流入により、私たちのいたクエッタとペシャーワルを含むパキスタンの町すべてが危険区域となった。校門にＲＡＷＡの名を表示することは憚《はばか》られた。

しかしそんな状況にあっても、学校ではカーブルにいたときよりも自由が感じられた。だからといって、カーブルで目にした苦難を忘れたことはない。一人になりたいときは、中庭の私だけの場所に行って座りこんだものだ。とりわけ歴史と地理の授業を受けると、ホームシックになった。何世紀も続いた外国の侵略者に対するアフガニスタン人の抵抗や美しい山並みについての先生の話が、子どもの頃にカーブルで聞いた物語と重なるからだ。いつだったか、ある生徒が先生に質問したことがある。「でも今、私たちの国には何もありません。どうしてそんな国を愛さなければならないんですか。今暮らしているこのパキスタンをこそ愛すべきではないでしょうか」

私はそうした疑問を抱いたことはない。アフガニスタンは自分の国であり、愛すべき国だ。そして今、アフガニスタンに何もないのなら、何かを築き上げる手助けをすべきだ。その何かが何なのかはわからなかったけれど。中庭に何時間も座って、カーブルに残してきたものについて考えた。人々が恐怖に慄《おのの》いている国を思い浮かべた。しかし、パキスタンは好きになれなかった。この国が祖国の代わりになるとは思えなかった。

すべての授業の中で最も興味を引かれたのは、RAWAについて知ることのできる授業だ。私は一五歳になっていて、この女性革命協会のことはソラヤ先生から詳しく習った。政治学の先生だ。先生はほかの先生たちより年上で、母親のようにやさしかった。この先生については、上級生が新入生によく耳打ちすること——ソラヤ先生はRAWAの地下活動に深く関わっている——以外にはほとんど知らなかった。先生は、尊敬すべき勇敢な女性として知られていた。

民主主義や人権、フェミニズムの意味を知ったのは、ソラヤ先生を通してだ。男性がＲＡＷＡのメンバーになることを許されないのは男性に敵対しているからではなく――実際、組織が機能し続けるためには男性の助けが必要だった――、女性との本質的な違いが理由だという。

ソラヤ先生が私たちに求めたのは、できるだけ多くの文学作品を読むこと、そして二つの世界大戦、ナチズムとファシズムについて読むことだった。先生は教師然とした態度を取ることはなく、私たち生徒から学ぶことは多いと言っていた。私たちは先生を「シスター（女性解放運動では「女性の同志」という意味）」と呼んだ。

「民主主義を打ち樹てるまでにどのくらいかかりますか」と尋ねると、ソラヤ先生は穏やかに答えた。「魔法のレシピはないのよ」――アフガンの女性をどうやったら助けられるのかと母に聞いたときに返ってきた言葉に似ていた。ソラヤ先生は、私がどんな質問をしても笑わなかった。そして生徒のエッセイに赤ペンを入れることはなく、好んで青か黒のペンを使っていた。「私がここにいるのは、あなた方を裁くためではありません」と言っていた。

学校に慣れてきて少しした頃、カナダ留学後に永住を決めたいとこが私に会いに来た。ＲＡＷＡを通じて私の居場所を突き止めたのだ。いとこはカナダでの新しい生活について話し、私がカナダに行って勉学を続けるのを支援したいと言う。まずは英語を学び、その後で何でも好きなことを勉強すれば良い、と。いとこは、レジスタンスという考えには反対だった。アフガニスタンの状況を変えようだなんて無意味なことだと言っていた。私よりずっと才能がありながらこうした機会に恵まれない、アフガニスタン最遠の地にある村々の何千もの女の子のことを思った。祖母やクラスメートを後に残していくなど、私には想像できなかった。

私はここに残りたい、愛する祖国から遠く離れて生きていくことなど思いも寄らないと伝えると、いとこは驚いていた。「国を愛するとは、国のために死ぬ覚悟があるということだと思う」そう話すと、ありえないとばかりに首を横に振った。そして、「まだほんの子どもなのに、どこでそんな途方もない考えを教わったんだい?」と言っていた。

口にこそ出さなかったが、「何て小心なんだろう。心臓が鳥並みだ」と思った。

私たち全員が名前を変えなければならないとソラヤ先生から発表があって、くすくす笑いが広がった。「この学校には、安全面の問題があることを理解しなくてはなりません。私たちには敵がいるのですから」と先生は言った。「いずれあなた方もわかると思います。例えばソラヤですが、これは私の本名ではありません。でも、これまで通り、そう呼んでくださいね」

私たちにとっては単に遊びだった。名前の変更は、自分が偉くなったような気がしてうれしかった。学校で一二歳以上の子は全員、偽名を使うよう言われた。私たち年上の生徒は、年下の子より格上になったみたいだった。新しい名前があって、もう子どもではなかった。

新しい名前に慣れるには時間がかかった。名前はソラヤ先生が選んだもので、名前が書かれた一枚の紙を受け取っていた。最初の二、三日は先生から何度も呼ばれ、黒板まで来るよう言われているのは自分だとようやく気づくといった始末。生徒の多くが同じ失敗を何度もくり返し、クラス中が大笑いになった。

ゾヤという名前にしたのは、ずい分後になってからのことだ。ロシア人の女性ジャーナリストがＲＡＷＡにやってきて、しばらくいっしょに過ごしたことがあった。ジャーナリストは、アフガニスタンにおける女性の人権状況について取材していたのだ。カーブルで子どもの私にチョコレートを差し出した女性兵士のように、その人も緑色の目をしたブロンドだろうと半ば思っていた。しかし会ってみると、茶色い目の黒々とした髪の人だった。その人は女性のためのＲＡＷＡの活動にとても関心を持っていて、アフガニスタンを長いこと占領していたのは彼女の国だということを私はいつの間にか忘れていた。

ジャーナリストに付き添ってホテルに戻り、ドアのところで別れを告げると、私にキスしてホテルに入っていった。するとやおら立ち止まり、振り向いて言った。

「ご迷惑でなければいいのですが、最後にお願いが一つ」私はにこっとして、次の言葉を待った。ロシア人ジャーナリストは目に涙を浮かべていた。「娘が一人いたんですが、癌に罹りまして今はもう亡くなっています。名前はゾヤ。淋しくて……。で、お願いなんですが、娘のその名前をもらっていただけませんでしょうか。私には何よりの喜びなんですが……」

この申し出に心が動き、何のためらいもなかった。「わかりました。ゾヤという名前、使わせていただきます」と言っていた。アフガニスタンを侵略したロシア軍のことなど、これっぽっちも頭になかった。ある国の政府とその国民の間には大きな違いがあることはわかっていた。

数週間して、ゾヤはロシア革命に参加した女性の名でもあることを知った。ロシア皇帝の警察からスターリンの潜伏場所を尋問され、ゾヤは答えたそうだ。「スターリンはここ、私の心の中さ」これを聞いて警官は、「そうか、奴がそこにいるなら、死に場所はそこだ」と言って銃をゾヤの心臓に向け、発砲したという。

第10章

サイマと私は、自分たちの将来について話し合う集まりを友だち何人かと持つことにした。この学校に来て二年ばかりたった頃だ。私は一六歳だった。自分の国が戦争という悪夢にいよいよ深く入りこんでいく中、毎日授業に出て数学の問題に頭を悩ませることに益々いら立ちを覚えるようになっていた。

先生方と、先生方に借りたラジオで聴いたＢＢＣペルシャ語放送を通して――ソラヤ先生から教えてもらったようにメモを取りながら――、私と違ってアフガニスタンに残るしか選択肢のなかった人たちの生活は悪くなる一方であることを知った。ムジャヒディーンが優勢となって以降、砲弾は絶え間なくと言って良いほどカーブルに降り注いでいた。一九九四年の一年間、各軍閥は互いに対立しながらカーブルを兵糧攻めにしていて、市内の多くの人が餓死の危険にさらされていた。

しかしここへ来て、新たな主役が戦いに登場していた。イスラム国家を樹立しようとする分割統治の失敗により、大勢の元ムジャヒディーン原理主義者がムラー・ムハンマド・オマルのもとに結集することになったのだ。この新しい軍閥はどこからともなく現れ、アフガニスタン南部の都市カンダハール周辺の地元軍閥から武器を奪取。同市を一一月に占領した。

ターリバーンの誕生だった。ターリバーンはアッラーに感謝を伝えようと、預言者ムハンマドの外套《がいとう》が祀《まつ》られている聖廟《せいびょう》――この聖廟があることで、カンダハールはアフガニスタンで最も聖なる地の一つとなっている――に大挙して向かった。

しかしターリバーンの勝利は、神の執りなしということだけではなかった。ムラー・オマルはムジャヒディーン原理主義者勢力のほとんどばかりか、当時アフガニスタンとパキスタンの難民キャンプにあったイスラム教神学校マドラサ出身者の支持も当てこむことができた。ターリバーンはまた、パキスタン当局にも感謝して然《しか》るべきだった。パキスタンはムジャヒディーン政府に愛想をつかし、代わりに格好の手先としてターリバーンに肩入れすることで隣国に影響を及ぼそうとしていたからだ。パキスタンは、ターリバーン最大の武器供給源となった。

話し合いをすることにしていた一二月のその晩、アフガニスタンを癌のように蝕《むしば》んでいくターリバーンがさらに州いくつかを掌握したと、BBCペルシャ語放送が報じた。私たちはラジオを消し、普段は宿題を片づける自習室に集まった。毛布にくるまって絨毯に座り、体を温めようと紅茶をすすった。

「みんな、学校にはあと何年いるつもりなの？」サイマが口火を切った。「ここにずっといたら、大人になったって国やRAWAのためには何もできないってこと、わかってる？」

「RAWAのためにって言ったって、一体何ができるって思ってるわけ？　みんな、まだ十代の子どもよ」別の子が言った。

「それは違う。できることはたくさんある。仕事はたくさんあるわ。でも一つ確かなことがあるとすれば、私たちは教室に座ってるだけで、ＲＡＷＡには全然参加してないってことじゃない？」と私。

夜遅くまで話し合った。ＲＡＷＡの出版物に私たちは記事を書くことができるし、ＲＡＷＡがパキスタンで行なっているデモにも十分参加できる年だとサイマと私は主張して、友だちとやり合った。議論に熱が入る余り、紅茶を毛布にこぼしてしまう子もいた。「みんなが賛成してくれてもくれなくても、サイマと私は明日思い切って声を上げるつもり」そう私が言って、集まりはお開きとなった。

サイマと私はソラヤ先生を見つけ、学校で過ごすことのできた時間をとても感謝しているが、今こそＲＡＷＡの役に立つときだと考えていることを伝えた。私たちの申し出に、先生が驚いた様子はなかった。決める前にどういうことになるかよくよく考え、その上でもう一度来るようにと言われただけだった。

これ以上、時間を無駄にしたくなかった。「シスター、もう考えられるだけ考えました。決心はついています。私たち、明日にも始めたいんです」と訴えた。

数日して、ソラヤ先生に呼ばれた。ＲＡＷＡは私たちの申し出を検討してくれ、学校を去り、ＲＡＷＡがクエッタやパキスタンのほかの町いくつかに所有している隠れ家の一つで生活できるよう手配してくれるという。こうした隠れ家はもっぱら女性革命協会の若い支持者のためのもので、RAWAのメンバーに見守られながらグループで生活する場だった。

私たちの活動は、隠れ家に移った時点で始まることになる。

何年も待ち続けて、ついに両親の死に誓った約束を果たす出発点に立とうとしていた。これまで生きてきて初めて、独り立ちする喜びを感じた。アフガニスタンを出国することも、RAWAの学校に行くことも祖母が私のためにと決めたことだった。しかし今度ばかりは自らの決定だった。学校を去ることに、何の未練もなかった。

できるだけ急いで、祖母に知らせに行った。「娘や、お前の人生は特別なものなんだよ。母さんや父さんに対して恥ずかしくないお前の姿が見てみたいものだね」

若い私たちがRAWAの隠れ家を切り回すことが誇らしかった。毎日の予算が決まっていて、様々な仕事を分担し、誰がいつ何をするかなど予定表を作った。誰一人まともに料理ができず、食べなくてはならないから食べるといった毎日だった。仕事の一つに見張り番があった。夜になると、隠れ家とその周囲を二時間交代で見回りした。家には銃があったが、使うことにならないよう願った。

学校の制服はもう着る必要はなく、自分の服を着ることができた。多くは、祖母が縫ってくれたものだ。授業はまだ受けていたが、歴史と政治学、そして英語だけだった。学校から先生が来てくれて、隠れ家で勉強した。先生は歴史の一番重要なテーマと政治学の概要だけを駆け足で教え、英語の授業は短期集中型だった。こうして一年後、授業は終了した。それは私の教育の修了でもあった。

授業を離れれば、何でも好きなものを自由に読むことができた。ベルトルト・ブレヒトの作品をペルシャ語訳で一通り読んだ。マーチン・ルーサー・キング牧師の演説は英語でもっとじっくり読んだ。ブレヒトを読んでいて見つけたエイブラハム・リンカーンの格言を数日間、くり返し何度も仲間に言ったりした。「あらゆる人を時には騙すことができる。一部の人をずっと騙すこともできる。しかし、あらゆる人をずっと騙すことはできない」

RAWAでの初仕事は、『パヤム・イ・ザン』（女たちの声）――女性革命協会が一〇年以上前から発行している機関誌――にアフガニスタンでの出来事について記事を書くことだった。一言一句疎《おろそ》かにしないように書くことを学んだ。もう何年もの間、言葉はむずかしければむずかしいほど美しいと信じていた。詩を読んでいて、理解できない言葉や辞書を引くしかない言葉こそが最高の言葉だと思っていた。しかしソラヤ先生からは、可能な限り平易な言葉を使うよう助言された。アフガニスタン人の多くは読むことも書くこともほとんどできないから、というのが理由の一つだった。

政治とはいわゆるホワイトカラーの政治家による長談義のことではなく、貧しくて無知な、後れた人たちに語りかけ、自分には未来があると道を指し示してあげることだとも教わった。「物知り顔の教師みたく、貧しい人に話しかけないこと」「これ以上ないくらい後れた農民であっても、学ぶものが何かあるってことを忘れないようにね」と先生は言っていた。

隠れ家での生活が始まって三ヵ月がたち、クリップで留めた分厚い文書の束をソラヤ先生が持ってきた。それは手引き書で、RAWAメンバーの体験をまとめた報告集だった。丹念に読み、範として学ぶよう言われた。

手引き書を読む順番が来て、すっかり心奪われてしまった。サイマたちに読んで聞かせたくらいだ。夜は同室の子たちの迷惑にならないよう、毛布を被って懐中電灯で照らしながら遅くまで読んだ。手書きの報告集はずい分読みこまれていて、ページは手垢にまみれていた。

あるメンバーが、どのように逮捕されてカーブルの刑務所に収監されたかについて報告していた。収監中、弟が当局によって殺害されたとの知らせを受けたという。RAWAの秘密を白状させようと、数日間ぶっ通しで一睡もさせてもらえずに尋問が続き、目を閉じる度に監視から暴力を振るわれたそうだ。しかし彼女が女性革命協会を裏切ることはなく、終《しま》いには釈放された。

別のメンバーは自分の学校で逮捕されていた。ロシアの占領下、カーブルの名門校の一つだった学校だ。彼女は教師で、RAWAによる文書何枚かをある同僚に渡した。ロシアのKGBを真似たKHAD（アフガン秘密警察）がその同僚の家を捜索していて文書を発見。同僚は逮捕された。文書は当時ロシアの言いなりになっていた傀儡政権を非難していて、アフガニスタンの裏切り者と呼んでいた。

この同僚は事の次第を明かしたことで釈放されたが、代わりにＲＡＷＡメンバーの教師が警察に逮捕された――彼女には生後三ヵ月の赤ちゃんがいて、その赤ちゃんを連れての服役だった。彼女は非合法組織の一員であることを否認したが、一年間に渡って収監された。その赤ちゃんは今では成人し、ＲＡＷＡで熱心に活動している。その子にはいつも冗談を言っている。「危険な犯罪者としては少し幼かったけど、あなたのことが末恐ろしかったのね。生後三ヵ月で牢屋に放りこまれたのは、きっとそのせいよ」

報告書にはＫＨＡＤによって課せられた様々な拷問――囚人を縛り上げて何日も続けて太陽の下にさらしたり、爪を一枚ずつ剥がしたり、性器に電気ショックを与えたり――についても記されていた。

女性革命協会のメンバーがこのような目に遭っていることを知って、どうにもやりきれなかった。この手引き書についてソラヤ先生と話し合ったとき、拷問に遭った人がどう行動するか予測するのは無理だと言われた。しかし私は、何があろうと仲間は裏切るまいと自分自身に誓った。私のせいで仲間が殺されたなどと思いながら生きてゆくことはできない。

ミーナー――ＲＡＷＡを創設した詩人――の生涯について詳しく教えてくれたのはソラヤ先生だ。ミーナーの写真は校舎の入口で目にしていた。カーブル大学でイスラム法を学んでいた一九七七年、彼女は二〇歳で女性革命協会を立ち上げた。当初、男女平等だけを目指していたという。ところがロシアが侵略してきてＲＡＷＡは地下にもぐり、反ロシアの闘いを始めることになる。ただし、非暴力的な手段のみによってだ。ＲＡＷＡは特定の団体のためにではなく、自由で民主的なアフガニスタンのために活動した。

ミーナーは自身の著述の中でアフガニスタン女性を「眠れる獅子」と呼んでいる。目を覚ましたら最後、底知れない強さを発揮するという意味だ。ミーナーの詩の一つに『私は決して後戻りしない』という作品がある。

私は目覚めた女
私は立ち上がり　身を焼かれたわが子の灰を被って嵐となる
私はわが同胞の流した血の中から立ち上がる
私に力を与えてくれるのは民族の怒りだ
焼き尽くされ　廃墟と化した村が　私のうちに敵への憎悪を掻き立てる
ああ同胞よ　もはや私を　薄志弱行の者と見なさないでほしい
わが声　立ち上がった幾千もの女の声と重なり
わがこぶし　幾多の友のこぶしと固く握り合う
すべての苦しみと　囚われ人の足枷を打ち砕かんがために
私は目覚めた女
進むべき道を見つけた私は　決して後戻りしない

ミーナーはクエッタで亡命生活を送りながら、マラライ病院を設立した。未だ身が危ういことはわかっていた。殺害の脅迫は数回に及んでいた。パキスタン当局には報告したが、警察はこれを黙殺。身辺警護の措置は何ら講じられなかった。

ＫＨＡＤからアフガニスタン人の手先が送りこまれ、クエッタの自宅にいたミーナーはロープで絞殺《こうさつ》された。三〇歳だった。

ソラヤ先生の話では、殺害計画に関わった容疑者の一人はグルブディーン・ヘクマティヤールだという。ロシア軍撤退後、カーブルの南にある山から砲撃し、人々の頭上に三年に渡って砲弾の雨を降らせた軍閥だ。首都での二五〇〇〇人の死は、この男に責任がある。ミーナーの生涯は、今なお私たちを奮い立たせる。

「危険だってことは承知よね」ソラヤ先生が言った。「覚悟はできてるの？　お金とか権力といったものとは縁がないのよ。でももしもこの仕事を選ぶなら、逮捕されたり、口を割らせようと拷問で自白を強要されたりするのを覚悟しなければならないの。個人としての生活を失うことになるかも知れないし、命さえも奪われかねない。仕事から抜けたくなったら、扉はいつでも開いてるってことを覚えといてね。ひょっとしたら恐ろしさに震え、疲れ果てるときが来るかも知れない。そうなったら、迷わず仕事から抜けなさい。ただし、ＲＡＷＡの秘密は決して洩らさないこと」

ためらいはなかった。「先生がどれだけ犠牲を払ってきたか知っています。同じ道をゆく覚悟はできています」と答えた。

第11章

隠れ家で生活しながら仕事をすることで、次第にRAWAのメンバーとして認められるようになった。入会式など、形式的なものは必要ないというのが女性革命協会の考えだった。ある日、会員証を渡されただけだ。その後すぐ、ムジャヒディーン軍閥がRAWAのメンバー何人かを殺害候補者としてブラックリストに載せたとソラヤ先生から聞いた。パキスタンにあるRAWA本部には嫌がらせの手紙が届き、脅迫電話もあった。メンバーになりたいと言ってきた女性が数人いたが、軍閥からの回し者ではないかとの疑いから退けられた。

私たちは未熟で、間違いを仕出かすこともあった。隠れ家に移って間もないある日の晩、一人の子が別の眠っている子のベッドにトカゲを忍ばせたのだ。その子はびっくりして悲鳴を上げ、ベッドから飛び出した。こうした悪ふざけが危険を招くことになると、ソラヤ先生に厳しく注意された。近所の人に聞かれたかも知れず、この家では何が行なわれているのかと不審がられることになる、と。

隠れ家は貧困地区にあった。近所の人は町のもっとましな地区の人より親しみやすかったが、詮索好きでもあった。移り住んでから間もなくして、汚らしい身なりのおばあさんが訪ねてきたことがある。通りでは失礼だろうと、家に招き入れるほかなかった。おばあさんは矢継ぎ早に質問してきて、「何でみんなしてこの家にいるんだい?」などと聞く。姉妹だと答えた。

おばあさんの目は鋭かった。「でもあんたたち、そんなに似てないね」その通りだった。私たちは皆、違う民族の出身で、顔立ちにそれが出ていた。

「でも、まあ、似てないこともないかのう」

おばあさんはさらに知りたがった。「あんたたち、親はいっしょなのかい? まさか、自分たちだけで住んでるってんじゃないだろうね」

私は複雑な話をでっち上げた。両親が離婚して、父親はアメリカに移住。そのため兄と暮らすようにと、母親が私たちをここへ送り出したと説明した。おばあさんは不満そうに舌打ちし、ようやく家を出ていった。

数週間後、警察のパトロールがやってきて——あの汚らしいなりのおばあさんからの報告で目をつけられていたか——、一層深刻な事態に直面することになった。その日、支援者に配るRAWAの歌を何曲か録音しようと、一〇人以上が家に集まっていた。警察に通報したのが誰であれ、録音後にかなりの数の若い娘がテラスで談笑しているのを見て驚いたのだろう。年配の男女の姿がないことにも驚いたに違いなく、加えて若い男（彼らは男性支援者で、歌に合わせて楽器を伴奏してくれた）が家に来ていて、夜になっても帰らないでいるのを目にしてきっとショックを受けたのだ。R

ＡＷＡでは意外なことではなかった。私たちは責任ある大人として扱われていたからだ。男女はできるだけ別の部屋で寝るという決まりがあっただけだ。

笑い声が上がるのは避けようがない。皆でいっしょになって楽しんでいるとき、アフガニスタン人ほど笑い合う人々は世界中で他に類を見ないと思う。汚れた灰色の制服の、武装した警官三人が到着したときにはもう真夜中で、私たちは毛布を被って絨毯で寝ていた。選択の余地はなく、警官を家に上げるほかなかった。警官は端から毛布をめくり上げると、目を白黒させていた。現れるのは、次から次へと年頃の娘ばかり。そして二、三人の若い男だったからだ。

全員がアフガニスタンからやってきた親類だと答えたが、女は売春婦だと警官が考えていることは明らかだった。全員を裁判所に連れていくとおどされた。最終的にはＲＡＷＡの年輩のメンバーに電話して助けを求め、母親であることを証言してもらった。警官には不当に高額な賄賂を払うことで一件落着となった。

警察は腐敗していた。手出しされないよう、度々賄賂を握らせる必要があったのだ。小さな問題なら五〇ルピー――警察が好んで言うところの「お茶代」――でたいていは片がついた。しかし警察は常に、ＲＡＷＡの隠れ家を見つけてメンバーを特定しようと嗅ぎ回っていた。あの日たまたま目にしたものが何なのか気づいていたら、警察は男性支援者を逮捕し、知っていることすべてを吐かせようと一時《いっとき》の休みも与えずに尋問したことだろう。私たち女性も刑務所に引っ張っていかれたかも知れない。刑務所は、若い女性には安全な場所ではなかった。

仲間に大きな犠牲を払わせることになったかも知れない、愚かなミスを仕出かすこともあった。RAWAメンバーをある会合に向かわせるに当たって、ボディーガードを手配するのを忘れてしまったのだ。そのため彼女はリスクを冒し、一人で出かける破目になった。クエッタの町は安全ではなく、たとえわずかな時間であってもメンバーを通りで待たせることは危険だった。私は謝ってばかりいたが、そうしたミスを犯したことで責められることはなかった。

しかしソラヤ先生を本当に怒らせた――あれほど怒ったところは見たことがない――のは、私たちが捨てた何枚かのナーンだった。私たちは店から買ってきたばかりの、焼き立てのナーンが食べたかった。それで毎日、前日の食べ残しはビニール袋に詰めて台所のドアの外に出しておいたのだ。ビニール袋の中身がソラヤ先生の目に留まり、全員が呼ばれた。先生は声こそ荒らげなかったが、顔は文字通り真っ赤だった。「これを見てごらん。恥を知りなさい、恥を。食べるものがなくて、そこら中で人が死んでってるのよ。それがあなたたちときたら、まるで王の娘のように振る舞ってる。貧乏人に対する侮辱だわ。すべて節約しなくてはならないのに、焼き立てのナーンに二ルピー無駄使いしてるだなんて。そのお金は、あなたたちの年頃に必要なビタミンやタンパク質を摂るのに回すべきなんじゃないの？」

「あなたたちが使っているお金はどこから来ているかわかってるの？　空から降ってくるわけじゃないのよ。そう思ってるみたいだけどね。仲間が流した汗の賜物なの。世界中の支援者からの善意なの。それをあなたたちが浪費してるだなんて、これっぽっちも知らない人たちのお陰なの」

皆、恥じ入るばかりだった。続く三日間、焼き立てのナーンを買うことをソラヤ先生から禁じられ、食卓にはすえたナーンも出すよう言われた。食卓についた先生が目の前でそのナーンを食べるのを見て、さらに恥ずかしくなった。先生に倣うほかなかった。ナーンから青かびを懸命にこすり落とした。そして水に浸してかび臭さを飛ばし、ガスの火で温めてからお茶といっしょに喉に流しこんだ。

あの古くなったかび臭いナーンの味は、今も口の中に残っている。

心がけるようになったことがいくつかある。尾行されていないか用心すること、隠れ家周辺の通りをすべて頭に入れること、隠れ家に向かう途中でつけられている気配がしたら家には入らずに遠回りすること、そして初めての建物に入るときは予め逃げ道を見つけておくことなどだ。家の電話が盗聴されていることは知っていたので、何もかも話すということはなかった。

ある日の午後、外国人ジャーナリストのインタビューを受けたホテルから家まで男性支援者に車で送ってもらっていて、尾行されていることに気づいた。ＩＳＩ（パキスタン秘密警察）だろうと思った。ＩＳＩには警察と同様、ＲＡＷＡの動きを監視する役目があり、メンバーを割り出してＲＡＷＡの隠れ家や事務所を突き止めようとしていた。ホテルで私がジャーナリストと会っているのがＩＳＩのスパイの目に留まり、ＲＡＷＡだと勘づいたのだろう。

車を停めるよう、運転手さんに言った。スパイは大慌てで急停車した。私たちのすぐ後ろだ。

私は車を出て、スパイの車に向かった。「何でしょう？　私に何か？」開いた窓から話しかけた。男二人は私をじっと見つめるばかり。驚いて何も言えないでいた。

「ご存知かと思いますが、私、ＲＡＷＡの者です。家には電話がありますので、面会をご希望でしたらお電話していただけますか。私、どこか面白そうなところに行くわけではありません。ちょっと市場に寄るだけです。ついてきても、隠れ家とか誰かほかのメンバーを見つけることはできませんよ。そんなわけで一つご提案ですが、尾行はもう終わりになさってはいかがでしょう」

私は偽名の入った会員証を出し、スパイの鼻先に突きつけた。二人は目もくれず、決まり悪そうにただにやにやするだけ。一人がついに口を開いた。「何で事務所を隠して、偽名を使うんだ？」

「創設者のミーナーは、ここパキスタンで殺害されているからです。それに、パキスタン政府はアフガン人イスラム原理主義者を支援してるでしょ？」

彼らは自分たちが秘密警察であることを認め、走り去った。

与えられる仕事は増えていった。人出の多い金曜日、何人かのメンバーと中央市場に向かわされた。機関誌の『女たちの声』を配るためだ。警察やアフガン人原理主義者に目をつけられて絡まれたりする場合に備えて、男性支援者に見守られながらだった。私はヴェールで顔をおおい、パキスタン人よりは肌の色が白いアフガニスタン人を探して縦横に走る暗い路地を歩いた。市場でアフガニスタン人の顔を目にすると、いつもホームシックになった。

地面に座って玉ねぎの小さな山を前にしている男の人を見つけ、話しかけた。カーブルの出身で元はエンジニアだったが、すべて失ったのだそうだ。機関誌を買って自分の子どもに読んであげたいが、代金の二〇ルピーすら払えないと言う。

「玉ねぎが少し売れるまで待ってもらえるかな？」私は機関誌を無料で譲った。

一九九六年九月、宗教的な純粋性を自称する一団がカーブルを占領した。ターリバーンはカンダハール――ターリバーンが最初に征服した都市であり、ムラー・オマルが預言者ムハンマドの外套を着て支持者の前に立ち、自らの宗教的権威をアピールした都市でもある――から北へ進軍した後にカーブルを掌握したが、まずは市民の頭上に砲弾とロケット弾を雨のように降らせてからのことだった。ムジャヒディーンのやり口と同じだった。

ターリバーンがカーブルで見せた最初の動きは、元大統領でありＫＨＡＤ秘密警察のトップでもあったムハンマド・ナジーブッラーを国連施設――比較的安全とされていた――から真夜中に引きずり出し、大統領官邸に連行することだった。ナジーブッラーは官邸で去勢され、その後射殺された。ナジーブッラーの首にワイヤーロープの輪が掛けられた。ワイヤーが浮腫《むく》んだ肉に食いこみ、ナジーブッラーはアリアナ広場でさらし者にされた。彼の弟も同じ運命をたどった。二人の口と鼻には恥辱の象徴として紙幣が詰められ、紙幣は足指にも挟みこまれた。

ターリバーンは来る日も来る日も法令を発し、世界で最も厳格な神権国家が誕生した。女性は屋外ではブルカを着用するよう命じられた。女性が家のバルコニーに姿を見せることは禁じられた。マハラム――近親の男性――が常に同伴しない限り、女性は外出できなかった。女性の就労は禁止だった。断食月ラマダンの一定期間、女性が通りに出ることは断じて許されなかった。

病気の女性は、女性医師にしか診てもらえなかった。女の子は学校に行くことができなかった。ターリバーンによれば学校は地獄への入口であり、売春に至る初めの一歩だからだ。女性は笑うことはもちろん、大きな声で話すことも許されなかった。男性を性的に興奮させてしまう恐れがあるからだ。ハイヒールは禁止だった。靴音も性欲を刺激するからだと告げられた。化粧もマニキュアも禁止だった。こうした法に従わない女性は殴打され、鞭打たれ、死ぬまで石をぶつけられた。

ハマームは閉鎖された。男性はひげを伸ばすよう命じられた。音楽とテレビは禁止された。凧揚げも含め、ゲームは禁止だった。一体、凧で遊ぶ子どもほど無邪気なものがあるだろうか。

こうしたすべては、自分の名前の書き方すら知らない犯罪者集団の仕業だった。

間もなくして、ＲＡＷＡのメンバー全員がターリバーンの殺害候補者リストに載せられたことを知った。私が読んだ新聞記事では、ターリバーンの指導者が私たちのことを異教徒、ＣＩＡのスパイ、男を漁ろうと町をうろつく娼婦と決めつけ、ＲＡＷＡのメンバーは見つけ次第、裁判抜きで即座に処刑すると毒づいていた。私たちは全員、地上から一掃されなければならないという。たとえアフガニスタンの全イスラム教徒を相手にしようとも、最後の一人まで追い詰めて根絶やしにするつもりだったのだ。ムジャヒディーン軍閥の支配下に存在したことがわかっているブラックリストは、ターリバーン支配下にあっては公然のものとなった。

パキスタン当局による保護を期待できないことがわかった。ベーナズィール・ブットー首相（ハーバード大学とオクスフォード大学に学んだ、イスラム諸国における初の女性首相。後に暗殺された）は「ターリバーンがアフガニスタンを統一したとなれば、それは喜ぶべき進展である」とする声明を出し、ターリバーンによるカーブル征服を歓迎したからだ。

アフガニスタンの状況が悪化すればするほど、RAWAの仕事は私にとって欠かせないものとなっていった。仕事は私の生活で最も重要なもので、何よりも誰よりも——祖母よりも——最優先事項だった。

友人のマリアムがイスラマバードでの結婚式当日、自己犠牲の精神を貫いたことに頭の下がる思いだった。マリアムは仕事からそのままの格好で真っ直ぐ帰ってきて結婚式を挙げ、私たちや新しい義理の母とともに鶏肉の炊きこみご飯というごく普通の食事の席に着いた。すると最初の一口を食べるか食べないかのうちに、電話が鳴った。RAWAからだった。すぐに出発し、車で三時間の距離にある別の町に向かえという。

ためらうことなくマリアムは夫に別れを告げ、一二日で戻ると言い置いて出ていった。夫が不満を口にすることはなかった。マリアムの義理の母親は何とも言わなかったが、その表情は冷ややかだった。食事を続けようと改めて席に戻ると、義理の母親がいら立ちを私たちにぶつけ始めた。

「おかしくない？」含み笑いを浮かべて聞いてきた。「結婚した晩に、花嫁は夫を置いてどこかに行ってしまうってわけ？　世界中、洋の東西どこを探したって、こんなのどこにもない。ＲＡＷＡには何かすごく独特なしきたりがあるみたいね。このしきたり、ただ驚くばかりだわ。どんな考えが元になってるのか、私なんかには見当もつかないけど」

ＲＡＷＡの仲間と目を見交わした。その目を見て、私同様吹き出しそうになっているのがわかった。皆、懸命に笑いをこらえようとしている。

二口、三口食べた後、義理の母親は再び口を開いた。「あなた方にとってはそれほど大事な晩ではないかも知れないけど、私にはとても大事なの」

私たちは再び目を見交わした。そして、また押し黙った。

しかし母親は、私たちに何か言わせようと腹を決めていた。「この組織の一員だってことは、とてもすばらしいことよ。でも政治的なことに関わってるからって、結婚式の晩に夫に許しも求めず花嫁が家を出ていくだなんて考えもしなかった」

もはや黙ってはいられなかった。「そんな言い方ってないわ。あなたに敬意は持っている。でも、マリアムにはしなくてはならない仕事があるの。楽しいことがあって出かけたわけじゃないのよ。マリアムを批判するんじゃなくて、誇りに思うべきだわ」

マリアムのことをかばいながらも、自分自身をかばっていたような気もする。マリアムとまったく同じように私も振るまえたら、と思っていたからだ。実のところ、私には私生活といったものはなかった。だからと言って、何の後悔もない。男性の目を引くほど、美しいわけではない。私を見つめてくれる男性を夢に描いたことはないし、恋をしたこともない。男性との肉体的な喜びを知らずに生きてきたが、それを悲しく思うこともない。私には重要なことではなかったし、考える時間もなかった。

いつの日か私の国に平和が訪れ、男性が女性を尊重する民主主義の時代になったら、私も結婚について考えることができるだろう。生活を共にする男性が私と私の仕事を尊重してくれるということは、私にはとても大切なことだ。その点、父はお手本だった。父は、母と母の仕事に敬意を払っていたから。

第 4 部

沈黙の都市

第12章

その店と店主が嫌いだった。そして何より、嫌でも買わざるをえないのが耐えがたかった。私はブルカを買いに市場に来ていて、店ではさっさと済ませるつもりでいた。ショーウインドーには、あたかも最新のファッションであるかのようにブルカが誇らしげに飾られていた。眠りから覚めやらぬ、気色悪い幽霊のようだった。サイズが私にちょうど良さそうな青――アフガニスタンで最も一般的な色――のブルカを見つけ、シャツとズボンの上から試着してみた。ポリエステル生地の一番安価なものだ。

「見えないじゃない。こんなもの着てたら、歩いてて転んじゃうわ」あまりの重さに閉口して店主に文句を言った。着てからいくらもたっていないのに、六月の熱気で体はすでに汗ばんでいた。

「心配いりません。練習です。練習すれば大丈夫」店主が答えた。

引き剥がすようにブルカを脱いで五〇〇ルピーを手渡すと、店主はブルカをきれいに畳んでビニール袋に収めた。私はできるだけ急いで店を出た。嫌々の買い物のためにお金を使ったことで、はらわたが煮えくり返る思いだった。できることなら、店ごと火をつけてやりたかった。しかし売り物について店主に意見することさえ、わが身を危うくする元だった。言い合いにでもなったら、パトロール中の警官に目をつけられかねない。

店主の勧めに従って練習するつもりはなかった。ブルカに慣れる機会は、遠からず嫌というほどあることはわかっていた。

一九九七年の夏だった。ＲＡＷＡでの三年近い活動の末、ある使命を帯びてついに祖国へ派遣されることになったのだ。パキスタンのＲＡＷＡに手紙を送ってきたメンバー何人かを支援するために何ができるかを探るのが任務だった。手紙には、いくつかの問題について話し合いたいとあった。手紙は支援者に託されてこっそり国境を越えて持ちこまれたのだが、手紙にこうした問題を書き記すことはあまりに危険だった。そこで、帰国という機会が私に巡ってきたというわけだ。

私はまた、パキスタンで近く実施予定の街頭デモに参加する女性をアフガニスタンから連れてこられるかどうか見通しを立てるよう指示を受けていた。目標はカーブルから女性を一〇〇人から二〇〇人、往復の路程でターリバーンの目を引かぬよう移動させることだった。

友人で、ＲＡＷＡメンバーでもあるアービダが同行することになっていた。アービダは何歳か年上で、カーブルには以前戻ったことがあった。そして中年の支援者、ジャヴィッドもいっしょだった。彼は影のようについてくる、私たちのマハラムだ。

ジャヴィッドはアフガニスタンへの旅に備えて、ひげを数週間伸ばしていた。国境まではＲＡＷＡの車が運んでくれるだろう。この任務について知っていたのは、旅の同行者以外では六人だけだ。

旅行用バッグにブルカを詰めるのが嫌でたまらなかった。しかしカーブル占領一周年を近く祝おうとしているターリバーンに対しては、イスラム教徒の女性は全身を完全に隠さなければならない――つまり、社会からの隔離だ――とする法に私は従うわけだから、ブルカは少なくとも私の尊厳と名誉を保障する役には立つ。

ターリバーンは後に、単に女性のブルカ着用を命じるだけに止《とど》まっていなかった。ヒンズー教徒の女性は全員、黄色のブルカを着用しなければならないとしたのだ。アフガニスタンで黄色は、病の色であり憎しみの色でもある。ターリバーンにとっては、少数派ヒンズー教徒すべてが異端者だった。ユダヤ人がナチスに強要されて黄色い星を身に着けなければならなかったように、ヒンズーの女性は黄色いブルカを被らなければならなかった。

訪れようとしているカーブルで、何か美しいもの、何か幸せな気持ちにしてくれるようなものとの出会いなど望むべくもなかった。

カーブルは墓場だった。カーブルという首都名の由来となったカーブル川は茶色く濁っていて凍えるように冷たく、川面にごみを浮かべてゆっくりと流れていた。乗っていたミニバスは、市の中心にあるバスターミナルで停車した。私は涙が止まらなかった。夕方になっていて辺りはすでに暗かった。建物はその多くが焼け落ちていて外壁だけが残り、まるで墓石が立ち並んでいるかのよう。荒廃した姿を前にしながらも、アービダが私の耳元で声を洩らした。「ああ、愛しのカーブル」私もうなずいていた。

ミニバスから足を一歩踏み出した途端、物乞いに囲まれて施しを求められた。これほどたくさんの物乞い――二〇人以上はいたに違いない――を見たのは初めてだった。私の目は涙で滲《にじ》んでいたが、右腕が半分なくなっている一〇歳くらいの男の子が目に留まった。腕はたぶん、拾った地雷で吹き飛ばされたのだろう。ロシア軍の侵略以降の戦いがもたらした何千もの負の遺産の一つだ。男の子は左腕を差し伸べながら、歌を歌った。じゃがいもと肉の歌だった。ぼくが食べられるのは乾燥して硬くなったナーンばかりで、じゃがいもや肉を食べたことはない。その色すら知らない。そういう歌だ。美しいメロディーだったが、男の子に恵んであげるだけの持ち合わせはなかった。

物乞いからほんの数歩離れたとき、ブルカを被った女性たちの一人に引き止められた。前かがみで弱々しく、足を引きずっている様子からお年寄りだろうと思った。しかし、すぐにぴんときた。アマル・ビル・マアルーフ・ワ・ナヒ・アニル・マンカル、つまり勧善懲悪省（正式名称は「徳の奨励と悪徳の禁止の省」）という狂気じみた名のターリバーン宗教警察の手先だ。

パキスタンを発つ前、こうした女性に警戒するよう言われていた。ターリバーンが街頭で人々を厳しく取り締まるのに手を貸しているのだ。ブルカの中に隠し持っているものを調べるには、ターリバーンよりもお年寄りの女性の方が都合が良いというわけだ。

「バッグの中、見せな」おばあさんの一人が命令口調で言った。

私は恐ろしくて胸がどきどきし、口が利けなかった。バッグに入れてあるターリバーンの非道を記録したＲＡＷＡの印刷物ばかりでなく、お腹に巻いたポーチに隠してあるもっと重要な手紙のことを考えた。手紙の一つでも見つかったら、カーブルでの任務はまだ始まってもいないのにたちまち終了だ。

おばあさんは文字が読めず、書いてあることは理解できない。しかし印刷物の写真を見れば、発禁物であることはわかる。そうなれば、即座に報告されてしまうだろう。ターリバーンの牢獄でどんな運命が待ち受けているのか、考えたくもなかった。

横にいたアービダが笑顔を振りまきながらおばあさんに話しかけた。おばあさんたちが使うパシュトゥー語で話した。「お母さん、すごい長旅から帰ったばかりなの。私たち、ごく普通の人間よ。友だちは疲れてて、ちょっと体調が良くなくってね。人様に見せるような何か特別のものなんてないし、入ってるのは替えの服だけよ」

アービダのお陰で、おばあさんたちは関心が失せたようだった。私たちはその場をゆっくりと離れたが、内心では駆け出したくて仕方なかった。タクシーを見つけ、その週泊る予定の隠れ家に向かった。誰の家なのか話はなかったし、聞きもしなかった。

隠れ家に到着すると、薄汚れたブルカを脱ぐか脱がぬかのうちに大声が上がり、後ろから誰かに抱きつかれた。いつ終わるともなく抱きすくめられ、息が詰まりそうだった。数分間はそうしていたように思う。ようやく腕がほどかれてブルカを脱ぐことができ、足で脇にどけた。

ズィーバだった。最も勇敢なメンバーの一人だ。彼女がパキスタンに来たとき、二回ばかり会っている。何人かと協力して大変な危険を冒し、ターリバーンが犯した最悪の犯罪行為いくつかをビデオカメラで撮影したのはズィーバだ。そこには絞首刑などの公開処刑の映像も含まれている。

ライトブルーのブルカ――私のと同じ色の――を着た女性の、あの映像を忘れることはないだろう。元サッカースタジアムのピッチ、ゴール近くにその女性はひざまずかされていた。と、そこへ、ターバンを巻いたターリバーンがカラシニコフの銃口を彼女のヘッドバンドに押し当てた。女性は立ち上がろうとしたが、ムラーが再び押さえつけた。そして銃声。銃弾がブルカと女性の頭を貫通して地面を打つと、ぱっと土けぶりが上がった。

処刑された女性は七人の子の母親で、夫婦げんかの末に夫を殺害した罪でターリバーンに告発されていた。夫の親族は女性を赦していたが、それでもターリバーンは刑を執行することにしたのだった。

後に、別の処刑が映像に収められた。混雑した街角で大勢が注視する中、ターリバーンはクレーン車を使って男二人を吊し上げた。反ターリバーン勢力に協力した罪だ。二人は目隠しをされて後ろ手に縛られ、首にロープが掛けられた。クレーンで持ち上げられ、足が地面を離れるのとほぼ同時に二人は絶命した。一日中その場に吊るされたまま、足が人々の頭の高さでぶらぶらと揺れていた。

カーブルのメインスタジアムで、ズィーバは公開のキサース――宗教上認められた、喉を掻《か》き切る処刑――を映像に収めた。二人殺害したことで有罪となった男がスタジアムでひざまずかされていた。顔には目隠しのスカーフが巻かれている。男は一〇分間与えられて祈りを捧げ、終わると両手は別のスカーフで後ろ手に縛られた。続いて犠牲者の兄弟の一人がナイフを手に近づき、男の喉を掻き切った。

ズィーバとその仲間が想像もつかないほどの危険を冒していることがよくわかった。彼女たちの生活と私のとでは、天と地ほどの差があった。

「ずっと待ってたのよ！　もう来ないって思ってた」ズィーバが笑顔で言った。彼女は三〇代だったが、顔には皺《しわ》がたくさん刻まれていて、髪も白髪だらけだ。二〇歳は老けて見えた。元気かと聞くと、「元気、元気」とだけ答えた。

ズィーバやＲＡＷＡメンバーとお茶を何杯も飲みながら話していて、未明の三時まで起きていた。すると突然、ズィーバが立ち上がって言った。「そうだった。もうベッドに行って。こんな遅くまであなたたちを起こしておくんじゃなかった。寝られるときに、しっかり寝とかないとね。あと二日で、両手を切断する処刑がスタジアムで公開されるの。いっしょに来て、撮影手伝ってよ」

「ベッド」とは絨毯のことだった。疲れ切っていて、どんな事態が私を待ち受けているのか考えもしなかった。横になった途端、寝入ってしまった。

数時間して、ＲＡＷＡの仲間が朝食の仕度をする音で目が覚めた。最初はパキスタンにいるのかと思ったが、少ししてどこに来ているのか気がついた。戻ってこられてうれしかった。水道で顔を洗おうと中庭に出ると、陽の光の中にカーブルが見えた。その向こうの山々——子どもの頃はとてものどかな眺めだったような気がする——でさえ、今は悲しげだった。とはいえ、人生の様々な曲折を経た後で再び目にすることができ、体に力が湧いてくるのを感じた。

何より悲しかったのは、空には凧が一つも飛んでいないことだった。ターリバーンはわが国の最も古い伝統を消し去り、空を空っぽにしていた。

家の中に戻り、窓の道路側はほとんどが黒、内側は様々な色合いのカーテンが下がっていることに気づいた。ターリバーンの命令だ。女性が居住する家ではその姿が外から見えないよう、窓は黒いカーテンでおおわなければならないのだ。しかし私が泊った家では、違う色も使い続けていた。

家を出る前、またブルカを被らなければならなかった。ブルカを着て歩くのに慣れていなくて、ジャヴィッドと通りを歩きながらアービダの手をつかんでいた。報告書作成のための取材で、路上でターリバーンにレイプされた十代の娘を持つ母親のところに連れていってもらうところだった。RAWAメンバーの一人がその母親の親類と知り合いだったことで得られた機会だ。

家を出て、まだそう遠くまで来ていなかった。突然すぐ近くでホイッスルが鳴り、ほんの一瞬して手に痛みが走った。蛇にでも咬まれたかと思ったが、振り向くとターリバーンが鞭を持って立っていた。そして、脂ぎったひげをよだれまみれにして怒声を上げた。「体を出すんじゃねえ、この売女《ばいた》が！　消え失せろ！　とっとと帰りやがれ！」ターリバーンは黒いターバンを巻いていて、目つきが変だった。ややあって、スルマを塗っていることに気づいた。自分をより恐ろしげに見せるために引いた、太くて黒々としたアイラインだ。

アービダが詫びを入れてくれ、さっと手を引っ張られた。歩いていて、ブルカの下から手が出ていたに違いないと言う。「できるだけ気をつけてよ。余計な注意を引かないようにしないとね」

娘さんがレイプされた女性の家に着き、戸口でRAWAからやってきたこと、そして力になりたいと思っていることをせめてもの慰めの言葉を添えて母親に伝えた。小柄な人で弱々しかったが、その頑とした態度にはこれ以上ないほど驚かされた。

「RAWAから来たんだったら、今すぐ帰って」母親は吐き捨てるように言った。

「どうしてですか。お力になりたいだけなんです」私は負けじと言い返した。

「あんたたち、自分では民主主義とか女性の権利とかのために闘ってるって言ってるわよね。でもそんなやり方じゃあ、てんでお話んなんないの。銃をくれるんだったら、家に上がってもいいわ。ほしいのは銃だけ。娘をレイプした奴が誰かはわかってる。この指揮官、かなりの大物でね。娘の復讐を遂げるには、それっきゃ方法がないのさ」

一瞬、ブルカを脱ぐことができたらと思った。そうすれば目を見て、どれほど力になりたいと思っているか理解してもらえるのではないか、と。しかし母親の苦しみは計り知れず、返す言葉がなかった。腹が立つなどということはなかった。ただただ気の毒で、自分が何もできないことが心苦しかった。話しても良いと思える日がいつか来ることを願った。

何千もの女性がこの母親の娘さんと同じ運命に苦しんでいた。ハザーラ族が多く居住するアフガニスタン中央の地域では、ターリバーンが若い女性をカニーズ（召使い）として誘拐し、挙げ句は兵士に与えて結婚させていた。おかしな教義だった。女性をレイプして結婚を強要するくせに、不倫の疑いがある女性には石をぶつけて打ち殺しているのだ。

ターリバーンのせいで、ハザーラ人ほど苦しめられた民族はない。カーブルへの旅から数ヵ月後の一九九七年九月、アフガニスタン北部のケゼーラバードの村でターリバーンはハザーラ人の虐殺をやってのけた。八歳の男の子が斬首され、一二歳の子二人は兵士に押さえつけられて両腕と両足を石で叩き潰された。

カーブルでは挫折感を何度か味わうことになった。アービダとジャヴィッドといっしょに病院を訪れ、写真を撮ることがどれほど危険かがわかった。コンクリートの汚れた廊下には何十人もの患者が老いも若きもただ寝かされていて、それを気に掛ける人は誰一人いなかった。

子どもの多くは明らかに栄養失調の兆候が見られ、顔の皮膚は突っ張っていて腕は棒きれのように細かった。自分では養えないからと子どもを路上で売り渡す親や、少しでもましな生活を与えてくれそうな人に単に譲り渡す親について読んだことがある。トイレはひどい状態で、床一面糞尿まみれだった。病院には医師よりもターリバーンの数の方が多かった。廊下で横になっている病人の間を縫って、黒いターバンの男たちが鞭を手にパトロールしていた。

女性は男性以上につらい思いをしていた。女性が男性医師の手当てを受けることをターリバーンは認めなかったからだ。ターリバーンの考えでは、病気になった女性は男性医師の治療を受けるくらいなら死んだ方が良いとされていた。男性医師が体にふれることを拒否すれば必ず天国に行けるが、治療を許せば地獄に堕ちることになるというのがその理屈だ。言うまでもなく、こんな理屈を正当化する文言はクルアーンのどこを探してもない。

病院で話ができたただ一人の女性によれば、働くことが許されていないために薬を買うお金はなく、医師の診察を待って数日になるとか。カーブルに残っている女性医師の数は限られていて、その人はずい分長いこと待たされていた。ロシアによる支配下、多くの医師――男性も女性も――がパキスタンやイラン、あるいは欧米でのより良い生活を求めてアフガニスタンを捨てていった。ムジャヒディーンやターリバーンの支配下では、さらに多くが逃げていった。その穴を新しい女性医師が埋めることはなかった。女性が医学を学ぶことはほかのすべてと同様、ターリバーンに禁じられていたからだ。

パキスタンで、カーブルから移り住んだ女性外科医に会ったことがある。彼女の話では、ムジャヒディーン支配下のカーブルは砲撃によって電気がなく、ろうそくを灯して手術するしかなかったという。勤務は連続二四時間に及んだのだそうだ。当時妊娠していたが、手術室で何時間も立ち続けたせいで流産したとのことだった。こうした犠牲を払いながらも、アフガニスタンを出たことを彼女は恥じていた。

アービダは腎臓に問題を抱えている振りをして、病院で働いている数少ない女性看護師の一人とどうにか話すことができた。そして怪しまれる前に、病院について二、三質問することができた。

病院での写真撮影は、極めて危険な作業になると思われた。

数日して、ターリバーンはたとえ病院内であっても、病人に対して躊躇なく鞭を振るうということを知った。外を歩いていて、にぎやかな通りの真ん中で何人かに囲まれて座りこんでいる女性を見かけた。女性は行き交う車の前に飛び出して自殺しようとしたのだ。「死なせて、死なせて」何度も言っていた。幸いにも近くにターリバーンはいなかった。見つかったら、間違いなくすぐその場で殴打されることになっただろう。

後にこの女性と静かな場所で話すことができ、喘息を患っている母親の治療のために病院に行ったときのことを聞かせてもらった。病院に着いてすぐ、母親は喘息の発作に襲われ、病棟で喘ぎ喘ぎブルカを脱いだ。するとターリバーンが病棟に飛びこんできて、娘さんの目の前で母親を四〇回鞭打ったとか。その間、娘さんはどうすることもできず、ただ見ているしかなかった。看護師が止めに入ることもなかったという。

どうして自殺したかったのかと二〇歳になる娘さんに尋ねると、「病気の母を助けられないなんて、だったら私が生きてる意味って何なの?」と逆に聞き返された。

祖母のことが思い浮かんだ。祖母もまた、喘息の発作に苦しんでいたから。もしも自分がこの娘さんの立場だったら、ターリバーンにどう向き合っただろうと思った。カーブルでの最悪のときだった。ひとしきり気が滅入っていた。ブルカは女性を精神的に殺すばかりでなく、実際の殺害にも一役買うことがあるのだ。

戦争とターリバーンが人々の精神状態にもたらす影響をさらに知ることとなった。街を歩いていて、奇妙な振る舞いをする人たちを度々目にした。虚ろな表情を浮かべ、当てもなく歩き回る人がいた。息もつかず、大声で際限なく独り言を言う人がいた。そばを通ると、発狂したかのように突然笑い出す人もいた。こうした症状に対応できる医師は、もちろん一人もいなかった。

カーブルの街角で私が耳にした音楽は、右腕を失った物乞いの少年の歌だけだった。子どもの頃、商店や車から聞こえてくるけたたましい音楽には慣れっこだった。しかし今、車の中で掛けることが許可されているカセットテープは、延々と続く何の音もない宗教的な朗唱だけだ。これっぽっちのメロディーもない、単なる一つの声だ。

ターリバーンのラジオ放送局、「シャリアの声」――女性アナウンサーが許されないのは言うまでもない――が流すのも、抑圧的で眠りに誘《いざな》うような朗唱だ。唯一の例外はリスナー電話参加番組だった。ターリバーン放送史上、大胆、かつ画期的な番組で、ムラーの識者に男性リスナーが宗教だけに限った質問をすることができるというものだ。

番組は思うように進行しなかった。小さな村出身だと言う一人のリスナーが執拗に質問した。自分の村にいるムラー二人のうちどちらが優れているか、どう判断すれば良いのかという質問だった。「クルアーンをより熟知している方だ」という返答にその人は納得できなかった。「良きイスラム教徒の方だ」という返答にも得心がいかなかった。どう見分ければ良いのかとくり返し尋ねると、ついにいわゆる専門家の一人が言った。「どちらの妻の方が美人か調べることだ」こうして、この質問については打ち切りとなった。私の人生で、これほど馬鹿げていてろくでもない番組は初めてだった。

自分のミュージックテープを聴くことができるのは夜になって寝る直前だけだと、ズィーバは言っていた。音量はできるだけ下げるとのこと。禁制の音楽が近所の人の耳に入りでもしたら、通報されてしまう恐れがあるからだ。

以前はどの店にも有名な歌手の写真があったが、今では写真の類《たぐ》いはすべて禁止されていた。テレビも禁止だった。ところが私が訪ねた家のいくつかでは違法のテレビばかりでなく、自家製の衛星放送受信アンテナが庭にあって海外番組を視聴している人もいた。土塀のドアを叩く音がすると、シートをアンテナに被せていた。たいていはパキスタンかインドの番組一つをどうにか視聴できるだけだった。しかし、それが新しい世界を広げてくれた。高度な技術のある人はCNNやBBCワールドサービスに入りこんでいた。もちろん、無料で。

ターリバーンは、テレビを隠し持っていると思《おぼ》しき家を度々急襲した。しかし彼らは、必ずしも一般に思われているほど厳格ではなかった。インド映画のビデオを視聴していたある家族が捕えられて家から引きずり出され、公衆の面前で鞭打たれたことがある。こうした映画を見るのは反イスラム的であると、ターリバーンは家族を怒鳴りつけた。その後、ターリバーンは家族を外に残したまま、再び家に上がりこんでいった。家族が恐る恐る家に戻ってみると、テレビの前にターリバーンが座っていて、まだ続いている映画を観ながら言い合いをしている最中だった。家族はターリバーンに賄賂を渡し、逮捕を免れた。

第13章

ある日の朝、ズィーバが私を迎えに隠れ家まで来た。「いっしょに来て手伝って。手首を切断するとこ、写真に撮るから」

その前日、ガージ中央スタジアムで泥棒の手首が切断されるのを皆で見に行くようにと「シャリアの声」がしきりに呼びかけていた。カーブルのＲＡＷＡメンバー数人といっしょに、ターリバーンがスポーツすべてを禁止する以前はサッカースタジアムだった場所に出かけた。

ＲＡＷＡの車を使った。男女はそれぞれ別のバスで行くようターリバーンは命じていたが、そうなると互いにはぐれてしまうに決まっているからだ。ＲＡＷＡの仲間が、結婚式に向かったものの行き違いになってしまった花嫁と花婿について話してくれたことがある。二時間ばかりして二人はようやく出会うことができたが、道ゆく人の前で言い争いになったという。やがて自分たちの笑うほかない状況に気づき、時間もずい分遅いことから結婚式のことは諦めて家に帰ることにしたのだとか。「この国は、結婚式に出かけることさえ自由じゃないの」仲間はそう言って笑った。

私は笑顔で返したが、声を上げて笑うことはできなかった。カーブルでの生活について話を聞いても、何が可笑しいのかわからなかった。仲間はカーブルでの生活が当たり前になっていて、私とは感じ方が違っていた。笑いが必要だったのだ。しかし戦争で未亡人となった女性にとって、マハラムなしでは外を歩けないという決まりは悲劇だとしか思えなかった。家を出ることができないとあっては、ターリバーンに鞭打たれる危険を冒して街頭で物乞いをするか売春婦になる以外に暮らしを立てる術はないからだ。

スタジアムに近づくと、店を閉めて処刑を見に行くようにとターリバーンのパトロールがふれ回っていた。母親が自分の子を連れてきていることに驚いた。ズィーバが説明してくれた。「物を盗むとどうなるか子どもにわからせたいのよ。怖い思いをさせることはいい教育になるって思ってるわけ」

スタジアムに着いてみると、すでに数千の人たちが到着していて静かに待っていた。私たちは男性席の反対側、スタジアムを横切ったところにある女性席に向かった。ゴールポストはまだ立っていた。ターリバーンはゴールポストに人を吊るすこともあるという。

ジープ一〇台余りの車列が、すごいスピードでフィールドに入ってきた。ターバンの男がばらばらと降りた。何人かは銃を持っている。一人の男がフィールドの真ん中に連れていかれ、腹這いにさせられた。手首は十文字に縛られ、両腕を前方に突き出している。ターリバーンが五人ほどで男を押さえつけていた。そのうちの一人が男の足を縛り、別の一人は髪をつかんで顔を地面から上げさせた。

ムラーが拡声器を使って群衆に呼びかけ、罪と最後の審判の日について話した。「この男は今、当然の報いを受けようとしている。盗みを働く者は、すべてこのように罰せられる」

ムラーが話す間、男の家族と思しき人たちが慈悲を乞い、鞭打ちだけにしてほしいと訴えていた。その傍らに立っている人が目に留まった。顔も頭も白のスカーフですっぽりくるみ、目だけが覗いている。「医者よ」ズィーバがささやいた。「自分が誰なのか気づかれやしないかって怖くて仕方ないの。ターリバーンに協力したってことで殺されかねないからね」

群衆からズィーバを隠そうと、ＲＡＷＡメンバー何人かといっしょに彼女を包みこむように囲んだ。ズィーバは小型カメラで写真を撮り出した。フィルムを無駄にしないよう慎重だった。フィルム交換に時間を割かれる危険を冒したくないからだ。誰かの注意を引きかねない。

黒いターバンを巻いたターリバーンがナイフを抜いて男の横に片膝を突き、その右手首を切断し始めた。

血が地面にほとばしった。

とても見ていられなかった。自分自身が刃《やいば》を当てられたような感じがして、突然手首に痛みが走った。めまいがして、人混みの中でその場にへたりこんでしまった。体が凍りつくようだった。ターリバーン、そして止血しようと男の手首を縛っている医者に対して、近くにいた女性が声を上げた。一人が「いつかお前たち全員、その男と同じ目に遭うことになるぞ」と言うのが耳に入った。「願わくば、次はお前の番でありますように」別の人が言った。二人とも、それほど大きな声ではなかった。

周りの子どもたちは笑い声を上げ、拍手喝采だ。子どもたちにしてみれば、目の前の出来事は見世物だった。ターリバーンが権力を掌握する以前にテレビでよく観ていたサッカーの試合同様、普通のことなのだ。その上、無料だった。この子たちの将来を想像してみた。このままでは皆、血も涙もない犯罪者になってしまう。

このような光景を目にして子どもは自由に笑っていられるのに、女が公の場で笑うのは禁止とはいかにも不可解だった。

別の男の両手首切断が終わってから少しして、満面の笑みを浮かべた少年の写真をズィーバが撮った。ターリバーンが木にぶら下げた血だらけの手を取ってきて、高く掲げている写真だ。そのトロフィーを通りの向こうで友だちと投げ合い、笑いながら遊んでいるところを撮影したものだ。

その写真は今でも持っている。カメラをこの少年に向けようと考えたズィーバには感服する。写真に撮られるのがとても誇らしくてうれしい少年が、よもやターリバーンに通報するはずはないという判断からだった。撮影されることで自分が偉くなったような気になり、していることのおぞましさがわからないこの子がかわいそうでならなかった。

スタジアムでは自らの無力を感じた。処刑されようとしている人のところに行って、助けてあげたかった。しかし、私にはどうすることもできなかった。

スタジアムでの女性二人の声は大きくはなかった。しかし、ターリバーンへの批判の声を上げたことは間違いない。

ターリバーン当局に最強の挑戦状を叩きつけたのは、ある一人の女性だ。その女性とは、マハラムを装ったＲＡＷＡ支援者に付き添われてカーブルの中心にある市場を歩いていて偶然行き合った。女性は野菜の露店の前に立ち、買い物の代金を支払っているところだった。と、そこへ、ターリバーンのパトロールが白い旗をはためかせてジープで近づいてきた。

こうしたパトロールがやってくると、少なからずパニックの波を引き起こす。マハラムのいない女性は見ず知らずの男に声を掛け、連れであるかのように振る舞ってくれたらお金を払うからと助けを求めるのが常だった。「お願い、兄になって」と女性はすがりつく。危険な対応策だ。もしもばれたら女性は鞭打たれ、偽りの兄も同罪だ。

ターリバーンの一人——まだ十代にしか見えない——が鞭を手にジープから飛び降りて件《くだん》の女性に近寄り、その腕に一鞭くれた。パトロールに気づかなかったその女性は法——女は店主と直接的な接触をしてはならず、代わりにマハラムに買ってもらわなくてはならない——を犯していたのだ。ところが女性は怖気づくどころか、まるで復讐の女神よろしくターリバーンに牙を剥《む》いた。「お前の母親と言ってもいい年の人間を鞭打とうってのか！　恥ずかしくないのか！」と声を張り上げた。女性は逆上し、着ていたブルカを脱いでターリバーンの足元に投げつけた。「さあ、ほら。そいつを自分で被ってみろ」とターリバーンをあざ笑った。

女性は上背があり、がっしりした体格だった。たぶん四十代。ターリバーンは度肝を抜かれ、どう対処したら良いかわからなかった。こうした抗議に対応する訓練は受けていなかったのだ。教えられたのは、女を鞭で打つ方法だけだった。ターリバーンは尻尾を巻いてすごすご退散した。勝利を収めた後、女性はブルカを拾って再び被り、買い物を続けた。その度胸に、私は舌を巻いた。

カーブル訪問中、心が温かくなることがあった。陰に隠れての抵抗だ。小さなことだったが、人々はまだ大丈夫だと思わせるに足るものだった。

ターリバーンは女性性を粉々にしようとしたが、女性の多くは女らしさを捨てようとはしなかった。私が会った数人の若い女性は、ブルカに隠れてお化粧し、香水をつけていた。そして、秘密で営業している美容院に通っていた。美容院は特に花嫁に人気があった。たとえターリバーン支配下であっても、できるだけ美しくありたかったからだ。化粧品を売っている店もなぜかあった。使用が禁止されているにもかかわらずだ。

マニキュアといった些細なことでさえターリバーンに禁止されていて、犯せばひどい罰を受けることになった。あるＲＡＷＡメンバーの娘さんが長い爪を鮮やかなピンクに塗っているのを見て、ぎくりとした。

「でも、それって危険なんじゃないの？」口ごもりながら言った。

「じゃあ、どうしろって言うの？　あいつらのせいで自分の生き方をやめろとでも？　奴らが鞭で打ちたいんだったら、やればいいわ」

娘さんの勇気に思わずうなってしまった。女性何人かがマニキュアをしていて捕まり、指先を切り落とされたことを知っていたからだ。

カーブルでは献身的な例をいくつか目にした。中でも特に心を打たれたのはハリーダだ。秘密の授業をしている教師で、カーブルのあちこちで三〇〇人ほどの生徒を教えていた。ターリバーンの支配下、女の子は学校に行けなかった。男の子が学ぶことができたのはクルアーンだけだった。そこでＲＡＷＡは、わが子の将来のために危険を冒す覚悟のある親の子どもを対象に秘密の教室を立ち上げていたのだ。

すでにターリバーンはスパイを通じてハリーダの教室を見つけていて、授業をやめるよう迫っていた。もう授業はしないとハリーダはターリバーンに伝えていたが、単に別の隠れ家に教室を移しただけだった。再び捕まったら、処刑は免れない。

ハリーダに会いに、あるＲＡＷＡメンバーとその夫が所有する二間だけの小さな泥土の家に行った。夫婦であるということは、安全策――ターリバーンが家に踏みこんできたら、この子たちは自分たちの子であるといつでも言える――の一つだった。こうした夫婦はたいてい、子どもたちが安全に勉強できる場を確保するだけのために、およそ五ヵ月かそこらで新しい家への引っ越しをくり返さなければならなかった。

前もって決めておいた合言葉を言うと、中に入れてくれた。ブルカを着なければならないことで、それまで以上に合言葉が必要になっていた。窓から覗くだけでは、家にやってきたのが誰なのかわからないからだ。

家に入ると、ハリーダはわずか四人の子にペルシャ語を教えていた。カーブル旧市街の西に位置する、ここカルタヤイ・パルワン地区でこれ以上の人数を教えることは非常に危険だった。子どもたちは八歳から一四歳で、絨毯に座っていた。この子たちは、誰かに聞かれたらおばに会いに来たと答えるよう言い含められていた。先生のところに来たとは絶対に言わないように、と。親はそれぞれ時間をずらしてわが子を連れてきていて、RAWAとは何かとか、ましてやRAWAが授業に何か関係しているとかは子どもの耳には入れていない。

宿題は出せなかった。宿題を持っているところを見つかってしまう恐れがあるからだ。アフガニスタンの子どもはカラシニコフを持つことは許されても、宿題を抱えて外を歩くことはできなかった。

湿って汚れた泥土の壁に立てかけられた黒板には、「まずはアッラーの御名から」とハリーダが一文を書いていた。用心のためだ。アッラーは、ターリバーンの学校で男の子たちが最初に学ぶ言葉だからだ。その下には「私は自分の国が大好きです」と一人の子が書いていた。

ハリーダは自分の前にクルアーンを開き、あえて目立つように置いていた。授業が退けた後、説明してくれた。ターリバーンがいつ乗りこんでくるか知れず、いつもクルアーンは出してある。実際に使っていたペルシャ語や数学の教科書はその下に滑りこませ、子どもたちはクルアーンを学んでいる振りをするという。クルアーンなら大目に見てくれるのだそうだ。

ハリーダは見るからに疲れ切っていたが、要望を記したメモを手に私に詰め寄った。「もっと大きな家がほしいの。そうすればもっとたくさんの子を教えられるでしょ。子どもたちが私に何て言ってくるかわかる？『お腹、すごいぺこぺこ。お腹がぐうぐう鳴ってるのに、授業なんかわかりっこない』私は授業を中断して、ナーンを少し持ってきてあげるほかないのよ。食べる物とか着る物とか、ＲＡＷＡはお金出せないの？　あと、子どもたちのために文房具を買うお金がほしい。そんな余裕、親にはないもの。ペンや紙が買えないだけで、私のとこに来られない子がどれだけいるかわからないでしょうね。文房具に回すお金も何とかならないかしら？」

ハリーダはよほど切羽詰まっていて、声を張り上げ、手のひらで絨毯を叩き出した。近所の人に怪しまれるから声を抑えるよう言った。ややあって、ハリーダは落ち着きを取り戻した。

気の毒だった。「ＲＡＷＡが何て言うか聞いてみます。だけど文房具は、あなたのとこの子たちだけに無料で配布するわけにはいかないってことは理解してくださいね。アフガニスタンのどの教室でも無料にしなければならないんです」

ハリーダのこの四人の子たちは大海の一滴ですらなかったが、アフガニスタンの未来だった。後に良い知らせ――ＲＡＷＡは食費や衣料費を工面する余裕はないが、アフガニスタン中の教室に通う子どもたちの文房具代を肩代わりすることには意見が一致した。ハリーダには、新しい隠れ家を二つ見つけることもできた――をハリーダに送ることができた。

第14章

わが家を目にすることも、子どもの頃にカーブルで知っていた人に会うこともなかった。いつだったかある会合にアービダ、ジャヴィッド、そして私とで向かう途中、私が生まれ育った地域の近くを走っていることに気づいた。大通りを行くよう、運転手さんに頼んだ。大通りからならわが家の前の通りが見えるはずだ。いよいよその通りに近づいてきて、ゆっくり走るようお願いした。

窓に顔を押しつけたが、ブルカのメッシュのせいでぼんやりとしか見えなかった。大通り沿いの建物の多くは砲撃されていて、まだ残っている店もほとんどが閉まっていた。わが家の前の通りには、遊んでいる子どもも鶏も山羊もいなかった。懐かしいわが家の青いドアは確認できなかった。

車を止めて外に出てみますか、と運転手さんに聞かれた。気持ちを察してくれたのだ。心は揺れたが、断った。今は見たくなかった。いずれにしても、祖母から鍵を預かってきてはいなかった。たぶんいつか、と思った。平和になったら、またわが家を見に来よう。

カーブルを発つ前、ズィーバに別れを告げると、にこっとして言った。「会えて良かった。もう会えないかも知れないから」

私は笑い飛ばそうとしたが、喉に何かがつかえた。「そんなこと言わないでよ。きっとまた会えるわ」

「うーん、会えないと思う。心の準備しといてね。そうすれば私が逮捕されても、気を落とさなくて済むから」

今度は、ブルカを着る前に抱き合った。ズィーバの言う通りだということはわかっていた。帰路はずっと、ズィーバとその危険な仕事のことばかり考えていた。気分が悪く、とても疲れていて気が滅入っていた。国境を越えてパキスタンに入っても、ブルカを脱ごうという気にはなれなかった。ようやく脱いだのは、家に着いてからだ。

鏡に映る自分を見ると、額の真ん中に鳥かごのような模様があった。旅の最後の方で眠っていて、ブルカのメッシュが顔をずり上がって額に押しつけられていたのだ。カーブルへの旅で私の体に残されたのはこのメッシュの跡だけだったが、心にはいくつも傷を負っていた。

その後の数年間、カーブルには何回か足を運んだ。そうする中、ターリバーン支配下での生活の不条理さと行き当たることが次第に増えていった。あるとき、通りを歩いていると、野菜は何を買ったら良いかと一人の男が聞いてきた。最初、頭がおかしいのではないかと思った。しかしそうではなく、私のことを自分の妻と勘違いしたためだった。私が着ていたブルカの色が、立ち止まって何かを見ている彼の妻のブルカと同じ色だったのだ。

アイスクリームを食べるといったありきたりのことさえ、笑うに笑えない大仕事だった。女性がアイスクリームを買える店は、ごく一部に限られていた。ターリバーンがパトロールにやってきて、店先に女性が集まっているのを見咎《とが》められて殴られるのではないかと店主が恐れたからだ。友人から聞いた話はこうだ。店に椅子はなく、女性たちは店頭に立ったままだった。片手でブルカの前をつんと摘まみ上げて顔から離し、下からもぐらせたもう一方の手でアイスクリームを食べていた。その姿は、口ばしの長い不器用な鳥のようだった。女性たちはターリバーンの文句を言いながら、できるだけ急いで食べようとしていた。アイスクリームが早く溶けてしまい、ブルカを汚すからだ。ブルカの洗濯は厄介で、皺《しわ》はすべてアイロン掛けする必要があった。しかし女性たちはたいてい、口の前の部分の汚れを落とすだけで良しとしていた。

何回目かのカーブル滞在中、映画の『タイタニック』が大人気だったことがある。映画に因《ちな》んで、男性の髪型にその名がついたくらいだ。ビデオカセットはカーブル市内にこっそり出回っていて、理髪店ではレオナルド・ディカプリオに感化された若者が「タイタニックカット」を頼んでいた。しかしターリバーンのムラーは、ディカプリオとケイト・ウィンスレットは結婚前に肉体関係を持ったことでイスラムの教えに背いたとして二人を糾弾《きゅうだん》した。タイタニック号が沈んだのは二人の行ないがアッラーの怒りにふれたからで、氷山はその懲罰だったとすれば辻褄が合うというのがターリバーンの理屈だ。ターリバーンにとって、この映画スター二人はどうにも腹に据えかねた。ディカプリオとウィンスレットがアフガニスタンに一歩でも足を踏み入れようものなら、石打ちの刑に処せられることになるだろう。

　ターリバーンは当面、タイタニックカットの罪を犯した若者を罰することにした。通りで違反者を捕まえると、犬を呼ぶかのように指笛を鳴らして囃《はや》し立てた。そしてその髪を鷲づかみにして引っ張り、あざけるように言った。「よお、色男。何なんだ、この頭は！　すげえ気に入ったぜ。そうか、お前は異教徒の俳優になりてぇんだ」

　すると一人がはさみを取り出し、若者の髪を切り刻み始めた。若者は虎刈りにされて家に帰された。鞭で打たれずに済んだだけ、運が良かったというものだ。

　しかしターリバーンがタイタニックカットを不可としても、カーブルの中心にある市場の露天商の間で「持ってけ、タイタニックりんご！」「タイタニックキャベツ売り出し中！」などと売り声が飛ぶのを止めることはできなかった。カーブル川の水が干上がる夏の間、川底に移動する市場はタイタニック市場と呼ばれていた。ターリバーンがどんな手を打とうと、強制結婚が慣例となっている国の人々の渇望を癒すことはできなかった。不滅の愛の物語が相手では、ターリバーンに勝ち目はなかった。

　ターリバーンによる愚行は際限がなかった。モニカ・ルウィンスキーのスキャンダルがアメリカで報じられると、カーブルの、とあるモスクのムラーの一人は反イスラム的な行為であるとしてルウィンスキーという名を取り違えたまま糾弾した。「モニカ・ウイスキー」と言い続けたのだ。「この女は二重の罪を犯した。合衆国大統領（第四二代アメリカ合衆国大統領のビル・クリントン）との不倫行為に及んだばかりでなく、禁断の酒と同じ名はイスラムに対する挑戦でもある」と。

カーブルに発つ前、祖母には何も知らせなかった。戻ったとき、初めて知らせるようにしていた。カーブルへの最初の任務から戻って祖母にあれこれ伝えると、信じられないという思いは怒りに変わり、やがてほっと息をついていた。「出発する前におばあちゃんに知らせなくて良かったね。さもなけりゃ、行かせやしなかった」

お人形のモージデは祖母といっしょに暮らしていた。以前とほとんど変わっていなかったが、少し汚れていて色もやや褪《あ》せていた。放っておいた私のせいだ。

戻ってから少しして、母の白い寝巻きを祖母から譲り受けた。カーブルから持ってきていたのだ。私の手元に置くようにと言われた。


パキスタンにあってさえ、ターリバーンとその信奉者の手から逃れることはできなかった。カーブルへの最初の任務から一年が過ぎた一九九八年四月のペシャーワル。気温三十九度の熱気の中で決行したデモが暴動と化した。私たちに落ち度はない。

イスラム教神学校マドラサの学生が突然、ひげ面を憎悪で引きつらせて棒や杖を手に学校を飛び出し、通りを私たちに向かって突進してきたのだ。女性の人権を訴え、ターリバーン政権下のカーブルで続く砲撃、殺人、拷問、そしてレイプに反対するスローガンを私たちが叫んでいると、白いターバンの男たちが口汚く罵《ののし》り出した。

カーブルではロシア占領下でもそれ以降であっても、デモを目にしたことはなかった。母が一度、デモとはどういったものか私に説明しようとしたことは覚えている。しかし当時、私にはよく理解できなかった。ソラヤ先生が授業で、自身がパキスタンで参加したたくさんのデモについて話してくれたことがある。「変だと思わない？　デモに参加していた私は顔を見られないよう、ブルカを被っていたの。でも叫んでいたのは、ブルカに象徴されることすべてに反対するスローガンなのよ」

ペシャーワル市街での抗議活動のために、ＲＡＷＡメンバーと支援者――男も女も――数百人がデモを予定している通り近くに三々五々車で集まってきていた。アフガニスタン人が大勢暮らし、働いている地区だ。デモに参加するため、アフガニスタンから駆けつけた女性さえいた。通りに着いて初めて、ＲＡＷＡのシンボルマークとスローガンが入った横断幕を広げた。

「原理主義者をやっつけろ！」叫びが上がった。「女性の権利は人間の権利だ！」「民主主義万歳！」

デモ行進が始まると、参加者のシュプレヒコールはいつしか一層挑戦的な響きを帯びてくる。私とサイマは、行進の一番後ろを何人もの人たちと歩いていた。と、そこへ、先輩のメンバーが人波を掻《か》き分けてやってきて、男性支援者に声を掛けた。

「先頭がまずいことになってる。男をできるだけたくさん集めて、急いでここへ連れてきて」

私たちは常にトラブルに備えていた。襲撃されたときのために、ＲＡＷＡメンバーも男性支援者も棒を用意していた。そしてＲＡＷＡは、常に看護師数人を同行させていた。

どうなっているのか知りたくて、サイマと私は行進の先頭へと人を押し分けていった。マドラサの学生はムラーによって解き放たれた犬のように、目に入る人間すべてを蹴り上げ、鞭打っていた。ＲＡＷＡの横断幕を奪おうとする学生が数人いたが、横断幕を抱えている女性たちは上背があって強健だった。学生の好きにはさせなかった。女性たちの服は大きく裂け、顔や腕には切り傷があった。

サイマと私はできるだけのことをした。ずい分殴られたが、何発かお見舞いもした。友人の腕がありえない角度で肩からぶら下がっていた。骨折だ。しかし、彼女はもう片方の腕で闘い続けた。

別のメンバーのザハラが呼ぶ声がした。地面に半ば座り半ば横になって、大きくなったお腹に手を当てている。息が荒い。ズボンに血が付いているのを見て、足を痛めたのかと思った。

ザハラを近くの店に運び、救急車を呼んだ。救急車が群衆を縫って到着してくれることを祈った。ＲＡＷＡの看護師が見つからず、ザハラが少しでも楽になるようにと新聞で扇いで風を送り、水を飲ませてあげた。

後に、ザハラが流産したことを知った。妊娠しているのだから参加は思い止《とど》まるよう、ほかのメンバーがデモの前に説得していたという。しかし彼女は参加すると言って聞かなかったそうだ。デモに賭けていたのだ。ターリバーンを名乗るマドラサの学生は子どもや大人を殺すだけでは飽き足らず、生まれる前の赤ん坊まで殺していた。

第5部

荒れ野の難民キャンプ

第15章

ＲＡＷＡに初めて参加してから三年がたち、パキスタンのペシャーワル市郊外にある難民キャンプに移って生活することになった。

もうもうたる砂ぼこりの中、キャンプに到着した。スカーフで顔をおおっていても、砂は目や髪に入ってきた。市街地からキャンプに着くまで、私はＲＡＷＡメンバー何人かとトラックの幌のない荷台で補給物資の横に座っていた。最後の三〇分は荒れ野を貫く未舗装のでこぼこ道で、反対方向に向かう車と行き違う度に砂ぼこりを巻き上げられた。

キャンプでは、ＲＡＷＡメンバーのアミーナから挨拶を受けた。私より三歳年上で、背が高くてほっそりとした人だった。長い黒髪はおさげに結っていた。アミーナの話では、子どもの頃に父親に連れられ、難民として初めてキャンプにやってきたという。父親はアフガニスタンの市場で野菜を売っていたが、やがて失業してしまったのだそうだ。彼女はキャンプの学校で学び、以来ずっとここにいるということだった。

いっしょに生活することになる家にアミーナが案内してくれた。家はキャンプの真ん中にあり、私が育った家とよく似た、黒ずんだ色の泥土でできた小さな家だった。わが家同様、時折天井から土のかけらが剥れ落ち、白アリがテーブルや椅子を食い荒らす同じ音がした。書類の山がそこら中にあった。暖房器具はない。トイレは、外にある小屋の地面に掘った穴だ。書類を別にすれば、難民が住んでいるのとまったく同じような家だった。

家に着いてものの数分もしないうちに、難民がドアを叩き出した。私たちが到着したという知らせが、外で遊んでいた子どもたちのお陰でたちまちのうちに広がっていたのだ。難民が何人も私に抱きついて迎えてくれた。ＲＡＷＡなら自分たちの生活を変えられると信じていることが伝わってきて、身の引き締まる思いだった。

その晩、アミーナと家の外に座っておしゃべりをしていて、ここにはクエッタの空よりもずっとたくさんの星があると話した。子どもの頃、よく祖母に手伝ってもらい、一番明るい星を見つけようとしたものだった。

「ええ、キャンプってとても暗いから、星がすごくくっきりしてるの。すべて見えるのよね。私、よく真夜中過ぎまでキャンプを歩いて回るんだけど、いつも空を見てる」アミーナが言った。

「でも、そんな遅い時間に歩くのって、危険でしょ？　後ろから誰かが忍び寄ってきて……」

アミーナはうなずいた。「そうね。キャンプはいつだって安全ってことはないわね。気をつけなくちゃね。でも、私のことは心配しないで」

その夜、アミーナに彼女のベッドを使うよう勧められたが、私は絨毯で寝るからと言ってきっぱり断った。持ってきた本数冊と香水の小瓶を小さなテーブルに置いた。よもや難民キャンプで香水をつけることはあるまいとは思ったが、そこに置いて見ているだけで良かった。初日から、この家がわが家のように感じられた。

次の日の朝早く、キャンプでの日常が窓の外に溢れた——大変な数の人が行き交い、テレビでも見ているようだった。山羊の乳を頭に載せ、バランスを取りながら歩いている女たちがいた。そこへ学校に向かう子どもたちがやってきて、互いに押したり引いたりしながら女たちのすぐそばを駆け抜けた。その瞬間、「こらっ！」と怒鳴り声が飛んだ。

間もなくして、難民に寄せるアミーナの同情の深さに心打たれることになった。私など、及びもつかない。難民キャンプに来てから数日後、キャンプで重要な会議をすることになっていた。キャンプ運営はどうするのがベストか徹底的に話し合おうと、あちこちのキャンプからＲＡＷＡメンバーが集まっていた。会議をまさに始めようとした矢先、アミーナがいないことに気づいた。見つけなくてはと、急いで外に出た。

キャンプはとてつもなく広く、二〇〇〇もの家族の泥土の家やテントが立ち並んでいる。ほこりっぽい荒れ野にあり、緑の茂み一つ、一本の木すらない。どこを探せば良いものかわからなかった。キャンプの一方の端からもう一方の端まで歩いて一時間かかった。歩きに歩いてドアをいくつも叩き、アミーナを見なかったかと何十人もの人に尋ねて回った。子どもたちにも探しに行ってもらった。しかし、見かけた人は誰もいなかった。

アミーナをようやく探し当てたのは、キャンプの別の端でだった。アミーナは汚らしい子ども――ひどく汚れていて、私なら絶対にさわらない――の体に腕を回し、腰抱きにしていた。男の子は涙ぐんでいて、髪は砂だらけでごわごわだ。顎からは鼻水が垂れ下がっている。

「アミーナ、一体何やってんの？」声を荒らげて言った。「会議、忘れちゃったの？　みんな、待ってるのよ」

「あっ、ごめんなさい。ちょっとこの子を見かけてね。ほんの七歳なのに、もう煉瓦工場で働いてるの。お店に連れてって、お菓子か何か買ってあげようかなって思って」

キャンプのすぐ外にあるその工場はおぞましいところだった。工場は古タイヤを燃料に使っていて、毎日黒煙をキャンプの上空に吐き出していた。アミーナが抱いている子と同じ年頃の子どもたちが朝四時に起きて、夕方まで休憩なしで働かされていた。子どもたちはまず最初に練り土のかたまりを作り、それを鉄の型に押しこんで成形する。次に鉄の型ごと窯まで運ぶ。背中は重さで悲鳴を上げ、手は傷ついて血だらけになる――一日わずか一〇ルピーかそこらのためだ。大人には一日六〇ルピー――一ドル弱だ――が支払われる。ただし必死に働いて、煉瓦を五つ（原文では「five bricks」とあるが、調べた限りでは五〇個の間違いと思われる）生産できればの話だ。

一年で一番暑い時期であっても、大人も子どもも窯のそばで作業するために煉瓦もろとも熱で体をやられる。奴隷のような扱いだ。皆、この作業で寿命を半分に縮めることになる。窯から出るほこりと煙を吸いこむせいだ。工場のパキスタン人経営者は、私たち外部の者が工場に立ち入ることを許可しなかった。

私はアミーナを怒れなかった。アミーナをできるだけ急かして会議に向かいながら、二人して笑い合った。アミーナのことは、いつも「カメさん」と呼んでいた。歩くのがとても遅いからだ。祖母と同じくらいのスピード、と言っても良いくらいだった。

女性たちと座りこみ、話を聴きながら泣いているアミーナの姿をよく見かけた。いつも熱心に話を聴いてあげていて心動かされ、その日片づけるはずだった仕事を忘れてしまうのだった。

あるお年寄りの女性の手をとった。とても冷たくて、死んだ人の手を握っているようだった。私がいることに気づいている様子はない。泣いているわけではなく、ただ床を見つめていた。喪に服していることを表わす黒のスカーフでくるんだ頭は横に傾《かし》いでいる。顔は青白く、唇は紫色で血まみれだ。ぴくりともせず、親指と人さし指をゆっくりとこすり合わせていた。

難民キャンプにこのお年寄りといっしょにやってきた男たちの話によれば、お年寄りは息子さんのナジーブを亡くしたとのこと。ナジーブのことは知っていた。キャンプで暮らしながら学校で勉強し、その後はＲＡＷＡの支援者となって学校で男の子たちを教えていた。そして一年前、ヤカオランに暮らす母親の世話をするためにキャンプを去っていた。そこはアフガニスタンの中央にある町で、ターリバーンが忌み嫌うハザーラ族が多く居住している地域だ。

数日前、そこでの虐殺をラジオで聴いていた。わかったのは、ニュースのごく一部――とても古いラジオだった――だけ。ちゃんとした電波を見つけるには、優に三〇分はかかるのが普通だった。しかも電波は不安定で、いつもいらいらした。

難民の到着を初めて目にしたときは、言葉を失った。四〇人かそこらいて、ほとんどが女性と子どもだった。私たちはできるだけのことをしようとしたが、大人は皆、頬杖を突いて座りこむばかり。放心状態だった。難民はすべてを失っていた。自分たちの世界に閉じこもっていた。

普通だったら近親者や友人を失った人に掛けるお悔やみの言葉――「お察しします。お悲しみから少しでも早く立ち直れることを願っています」――を掛けようとも思わなかった。負わされた苦しみからすれば、何の意味もなかったろうから。それに私の言うことなど、耳に入らなかったろうから。

部屋の隅に、痩せ細って髪を振り乱した母親がじっと座っていた。その隣には、ナジーブが亡くなるわずか二週間前に妻となった若い女性がいた。その髪と両手は、結婚に向けて描かれたヘナの錆茶色の名残がまだ消えていない。ナジーブがどれだけ一生懸命勉強し、どれほど進んで人助けしようとしていたかなどが思い出されて胸がいっぱいになった。母親を見ていられなかった。

私はその場の雰囲気に気圧《けお》されて部屋にいられなくなり、一言も言わず外に出た。そのとき、この人たちを救ってあげる力など自分にはないと思った。難民には、語らずにはいられないことがある。それを何日もずっと座りこんで百万遍聴いたとしても、私自身がおかしくなってしまうだけで、彼らの生活を変えることなど何一つできやしないのだと思うことがある。だとしたら、自分の仕事に専念した方がましだ。できもしないことを約束するより、私たちは力になろうとしているという姿を見せることの方がまだましだ。

やがて二〇〇一年一月に起こったヤカオランの虐殺の詳細がわかった。生存者の証言を報告書に載せるべく取りまとめていたRAWAの仲間が知らせてくれたのだ。報告書作成に私は関わってはいない。生き延びた男たちの前に座り、彼らがカラシニコフ銃の発射音を舌で真似ながら殺戮状況を説明するのを聞いているのが私には耐えられないからだ。男たちの周りでは、女たちが息子や夫、兄弟を失った悲嘆を紛らわすかのように語り合う。家で息をひそめながら、嫌でも聞かされたのは銃声だ。女たちは一斉射撃の度に、膝から崩れ折れる男たちを思った。

報告書を書くために難民にインタヴューするのは、RAWAでの最悪の仕事の一つだ。私にはできない。自分の本当の感情は表に出さないようにしているので、外見だけではきっと誰にもわからない。しかしどう対応したら良いものかと不安になる話に耳を傾けざるをえないとき、心の中では様々なことが渦巻く。

町を再占領したターリバーンの指揮官は、一三歳から七〇歳までの反ターリバーンと思われる少年と男すべてを狩り集めるよう命令したという。ターリバーン兵は男たちを集合場所に追い立て、銃殺隊の前に連れていって処刑した。およそ三〇〇人が虐殺された。十代の子が一人、生きたまま皮を剝がれた。思うに虐殺の意図は、人々がゆくゆくターリバーンの敵に協力するのを抑えこもうとするものだった。

危うく難を逃れた一人が話してくれた。虐殺の後、彼はナジーブの母親の手をとってアフガニスタンの外へ連れ出したと言う。「母親は一言もしゃべらなくて、どこに連れていかれるのか聞きもしませんでした」

三日が過ぎ、ようやく母親に会ってみる気になった。母親の横に座り、脈を見た。ほとんどないに等しかった。一七歳の義理の娘さんが隅に座っていて、時折こちらを窺っていた。

「お母さん」私は話しかけた。「どう申し上げたらいいのか、悲しくて言葉もありません。私たちにとって、ナジーブは兄弟も同然でした。いつも応援してくれました。お困りのことがあれば何なりとおっしゃってくださいね。私たち、生きてる限りお力になりますから。たとえ息子さんが流された血の復讐であってもです」

あのとき、この母親のためならどんなことでもしただろう。銃をとることも厭《いと》わなかった。頭がまともには働いていなかった。血の復讐などと言うべきではなかったのだ。情にほだされて、つい愚かな口を利いてしまうことがある。母親は相変わらず微動だにせず、目には生気がない。私の言葉がどう受け止められたのかわからなかった。

「お母さん、これからはここでお暮しください。お世話しますから。ナジーブはもういませんけど、お友だちがいつも顔を出しに来ますよ」話しに話したが、母親はうわの空だった。

思いあぐねて、立ち上がった。「長々と話してばかりですみませんでした。人の話を聞くようなご心境じゃないってことはわかってるんですけど……」

母親は相変わらず気配の影すら見せない。私が部屋を出るときも何の動きもなかった。廊下をほんの二、三歩行ったときだった。悲鳴が、耳をつんざくような悲鳴が上がり、顔を平手打ちされたようだった。

「ナジーーーブ！」母親が叫んだ。「母さんを殺したのはお前なんだよ！　お前が母さんを殺したんだよ！」

私は部屋に駆け戻った。ついさっきまで身動き一つしていなかった母親は狂乱状態で、自らを拳で打ち、髪を引き抜いていた。義理の娘さんが懸命に落ち着かせようとしていた。私は医者を呼んでくるよう人をやり、母親の両手をとってどうにか座らせた。脈がものすごく速く、死んでしまうのではないかと思った。

突然、身震いが止まった。まるで力尽きてしまったかのようだった。母親は両手を私の頬に当て、頭のてっぺんにキスした。私は母親の両手にキスして返した。

翌日、母親が飲食物すべてに拒否反応を起こしていることを知った。せめて山羊の乳だけでも飲んでもらおうと母親のところに出かけた。義理の娘さんに母親の頭を支えてもらい、私はグラスを口に持っていった。唇の渇いた血の上を白い乳が流れて落ちるだけだった。医師は、点滴で栄養を補給することにした。

母親には息子さんの死について二度と口にしなかった。しかし気を紛らせようとキャンプでのほかの仕事にどれだけ身を入れてみても、この母親のことが頭を離れなかった。かつての悪夢が蘇った。誰かが、何かが私の方に向かってくる。私を痛めつけようとしている。しかし体に力が入らず、叫ぶことも動くこともできない。口を開いても、声が出ない。足は一歩も動かない。何かが徐々に迫ってくるが、それが何なのか見当もつかない。わかっているのは、何か黒いものということだけ。どんどん近づいてくる。

目が覚め、これ以上眠るのはもう無理と思って電気を点ける。そして、何か仕事をする。たいていは深夜二時か三時だ。夜中に夢の中のその何かがすぐそばに来て、私にふれてくるのではないかと恐ろしい。

ナジーブの妻――読み書きができないことはわかっていた――に声を掛けた。「喪服なんて着てほしくないの。ナジーブを愛してるなら、彼が誇りに思ってたことをやってみない？　キャンプの識字教室に参加しない？　あなたがそうしているのを見たら、ナジーブはきっと喜ぶと思う」

「やってみる」彼女は答えた。

次の日から始めた。日中、彼女が義理の母親から離れられるのはこの識字教室の時間だけだった。良くやっていたが、点数のことばかり気にしていた。母親とナジーブの妻には孤児院の一室を使ってもらうことにした。空きはそこだけしかなかった。室内はひどく暑くてドアを開け放つほかなく、蝿や蚊が入ってこないように戸口にはカーテンを吊るした。

ナジーブの母親には特に気を使ってあげるよう、いきなりカーテンをめくって飛びこんでいったりしないよう孤児院の女の子たち全員に頼んだ。毎日行って、山羊の乳を飲んでくれるよう勧めてくれないかとも頼んだ。少しずつだったが、母親はようやく食べるようになった。

第16章

何一つ手抜かりはないはずだった。クーポン券はキャンプで最も困窮している家族に配ってあった。クーポン券には支給する一五〇〇枚の毛布の一枚をいつどこで受け取れば良いか、そして券一枚につき毛布は一枚のみであることが明記されていた。パキスタンの役人とは交渉済みで、パキスタン側がキャンプに所有する小さな建物の使用許可は得ていた。この建物を特に使いたかったのは、敷地を囲んで土塀があったからだ。土塀があることで、毛布を受け取りに来る難民の流れが管理しやすくなるはずだった。少なくとも、そう考えていた。

配布開始の何時間か前、すでに数百人の難民が土塀の門のところに集まっていた。アミーナと私、そしてほかのＲＡＷＡメンバー一〇人ほどで毛布の山を建物の大部屋に広げ、トラブル対応要員として門に待機している男性支援者に最初の難民を入れるよう伝えた。

最初の一〇枚ばかりを配るか配らないかのうちに、外で叫び声が上がった。「特定の連中だけ配って、なんでそれ以外はもらえねぇんだよ!?」一人の男が叫んだ。「毛布がほしいのは、みんな同じなんだぞ！」誰か別の人が叫んだ。

門に配置していた男性支援者はあっという間に圧倒され、群衆が建物に押し寄せた。ぼろをまとった男とヴェールやブルカを被った女がもみくちゃになりながら戸口を抜け、部屋の中へ雪崩れこんできた。部屋に私たちといた一握りの男性支援者は難民を押し返そうと、警棒を振り回して牽制した。強く叩かないよう訴えたが、身を守るにはこうするしかないと言う。

人々は皆、死に物狂いだった。私もほかのメンバーも壁に押し戻された。私の二、三歩前、白髪頭のおばあさんがクーポン券を持つ手を突き出した。毛布を持ってこようにも身動きが取れなくて首を横に振ると、おばあさんは床に身を投げ出して怒りを爆発させた。男の人何人かが、おばあさんをなだめようとしていた。

近くでは男女二人が一枚の毛布を引っ張り合い、互いに相手を床にねじ伏せようとしていた。「寒くって子どもが死んじゃうのよ！」女が金切り声を上げた。毛布が二つに裂け、二人はその両方を奪い取ろうと争い出した。いくらもたたないうちに部屋にあった毛布はすべて引き千切られ、その切れ端が難民の頭上を飛び交っていた。部屋中、毛布の切れ端と毛羽があまりにたくさん舞っていて、難民の姿が見分けられないほどだった。時折キャンプを吹き抜ける砂嵐――家もテントも何も見えず、家の中まで吹きこんできてすべてを砂でおおい尽くす――のようだった。

逃げるほかなかった。難民に腹が立つなどということはなかった。仮に私が彼らの立場だったら、同じことをしただろうから。

後に、白髪頭のおばあさんがキャンプを勇んで歩いてゆく姿を見かけた。頭には裂けた毛布の片割れが誇らしげに載っていた。それはまるで、この地上で最も価値のあるもののようだった。

その日の夕方、アミーナは疲れ切った顔をしていた。ご飯と野菜の夕食にはろくに手をつけなかった。顔はとても青白く、目つきが変だった。話しかけたが、何の反応もない。そして私たちの使った皿を台所に運ぼうと立ち上がった途端、皿は突然手から滑り落ち、彼女は床に倒れこんでしまった。じっと見ていると、体が震え出した。頭ががくがくと前後に揺れ、自分の髪を引き抜いた。手にはむしり取られた髪の毛が何本も握られている。

てんかんだ。何か口に挟みこまないと、唇を噛んだり舌が気道をふさいだりしてしまう。スプーンを手に取ったが、ものすごい力で押し返された。とても手に負えなくて、大声で助けを呼んだ。

しばらくしてアミーナは落ち着きを取り戻し、私の方を向いてにこりとした。私はあまりに気が張り詰めていて、冗談に紛らせようとした。「お陰でこっちは本当にどうかなってしまいそうだったわ。なのにあなたときたら、今じゃすっかり涼しい顔ね」

アミーナは座り直した。「あなたのこと、叩いたり噛みついたりしなけりゃ良かったんだけど」「私、わざとやってるんじゃないかって思ってたわ。どうせ私のこと、からかってみたかったんでしょ？」笑顔で返した。

寝しなに、アミーナは自分の家族のことを話してくれた。口も利かなくなっていた父親は、二年前にアフガニスタンに戻って生活しているという。「母が病気で、兄弟も私のことで腹を立てているって、父から手紙が来てね。国に帰って、結婚しろって言うの。でも、どうしてここから出ていける？　一日でもキャンプを離れると、気が気じゃないんだから」

発作が起こってからこっち、アミーナは謝ってばかりいた。そして私たちは、発作について冗談を言い合った。世界中で一番強い人だと思っていたアミーナにとっても、時として難民との生活は過重な負担となっていたのだ。医者に診てもらうよう勧めてみたが、大丈夫、その必要はないといつも言っていた。キャンプを離れるときは必ず、彼女に果物を持って帰るようにした。いつだったかペシャーワルの隠れ家でアミーナが部屋に一人でいて気を失い、手がヒーターの上に乗ったままになったことがある。仲間が見つけたときには、ひどい火傷を負っていたそうだ。

私はアミーナほど体のことで苦しみはしなかったが、胸の動悸がとても激しくなることがあった。動くことができず、誰かに胸を力いっぱい圧迫されているみたいで、汗が吹き出してくるのだ。それが突然、心拍リズムが変わり、やがて鼓動は普段よりもずっと遅くなっていく。収まるのを、ただじっとして待った。

キャンプで最も一般的な病気の一つはマラリアだ。マラリアは、私たちを四六時中悩ます蚊が媒介して感染が広がる。私は三回罹ったことがある。最悪だったのはペシャーワルでの会合に出席しようとしていて、両手が震え出したときのことだ。その日は朝から気分が悪かったが、そうはいっても会合には出席すると約束してあった。しかし、両手の震えを止めることはできなかった。体は寒いと同時に、熱かった。

友人が事態に気づき、初夏だったのに山のような毛布で体をおおってくれた。高熱が出て、嘔吐が始まった。病院に連れていかれ、マラリアと診断された。体重が五キロ減ったが、回復は早かった。マラリアはキャンプでは普通のことだった。医師はいつも、マラリア患者を診ていた。

ある夏の朝、三十代のアフガニスタン人医師、ファーティマが気温四〇度の熱気の中で患者の受け入れ準備をしていた。ファーティマ医師の診察室は古い椅子一つだ。椅子は炎天下、両側に立ち並んだ泥土の家の間の地面に置いてある。ファーティマ医師の調剤室は自動車の開け放ったトランクで、処方された薬を渡そうと薬剤師が待機している。ファーティマ医師の診察衣はスカーフだ。頭をおおうと暑苦しくてならなかったが、難民の感情を害さないようにとの配慮からだった。キャンプ中から蟻のように小走りでやってきて、ごみだらけの場所で女性医師の診察を待つお年寄りの女性にとっては、貧弱な医療設備など大した問題ではなかった。お年寄りにとって女性医師は、自分たちの人生を変える力を持つ女神なのだ。

クルミみたいに皺《しわ》だらけで、茶色い顔のおばあさんが診察一番乗りだった。おばあさんは何の挨拶もなしに話し出した。「娘や、どうか助けておくれ。病気なんだよ」

ファーティマ医師は患者の年齢を聞こうとはしない。たいていのお年寄りは、自分の年齢を知らないからだ。ファーティマ医師が具合の悪いところを尋ねる間もなく、おばあさんは話し続ける。

「体が弱っててね。薬もらえるかね」

こうしたお年寄りの難民の多くは、薬というものは一種類あるだけで、それが病気すべてを治すと思っている。おばあさんが何に苦しんでいるのか突き止めるまでに、ファーティマ医師は数分かかった。その間にも、順番待ちの列は益々長くなる。

「どこもかしこも悪いんだよ。世界中の病気が全部体に入ってて、骨にも入ってて弱ってる。体を強くする薬をもらえるかね」

食事のせいでタンパク質とビタミンが不足していることをようやく突き止めたファーティマ医師は、薬剤師に見せるようにと一枚の紙切れをおばあさんに渡した。病因を確定するのにかかった以上の時間、おばあさんはファーティマ医師の顔を骨ばった手で挟んで離さず、頭のてっぺんにキスしていた。ファーティマ医師に何度も何度もお礼を言い、医師と医師の子どもの長寿を祈った。そしてキャンプの案内係の一人にやさしく手を引かれて薬剤師のところに向かう間も、依然としてアッラーの慈悲を讃えていた。

薬剤師は、おばあさんに薬の服用の仕方をわかってもらおうと全力を注いだ。「いいえ、一回で薬全部を飲んではいけません。そんなことしたら死んでしまいます」錠剤は一日三回の食事の度に分けて飲むよう伝えると、おばあさんはきょとんとしていた。日に三食は無理な話で、一食でもありつければ幸運なのだ。そこで薬剤師は、キャンプの小さなモスクから礼拝を呼びかけるアザーン、に合わせて飲むよう伝えた。「お母さん、二回目の祈りが終わったら最初の錠剤を飲んでください。そして……」

ファーティマ医師はすでに別の難民を問診している。その時点で、さらに数百人が待っている。

病気についてばかりでなく、これまでの人生についても耳を傾けなければならないことをファーティマ医師は心得ている。「お医者さん、もう何もかも失くしちまいましてね。戦闘があって、兄さんは行方不明なんです」ファーティマ医師は耳をそらさない。白のブラウスを脱ぎ、都会の静かで清潔な診察室を捨て、彼女を神のように崇める貧しくて汚らしい人々のために尽くす日々を選んだのは彼女自身だからだ。

ファーティマ医師を見ていて、ＲＡＷＡがアフガニスタン遠隔の地に送りこんだ秘密の医療チームのことを思い出した。そこではターリバーンの支配下、治るはずの病気で女性たちが亡くなっていた。診察に当たる女性医師がいないというだけの理由でだ。見る影もなく荒れ果てた農村に医療チームは普通の車——救急車ではあまりに目につきやすい——を乗り入れ、女性医師が到着したことをふれ回った。

村人は医療チームの到着をとても喜び、医師が家に入ると、手を洗ってもらおうと水の入った洗面器とタオルを子どもが持ってくる。これは最僻地では長い歴史を持つ伝統だが、石鹸はなく衛生観念とはあまり関係がない。服従の意を表す封建時代からの遺風で、私は好きではない。医療チームはテントで寝ることが多かった。でないと宿の提供を受けることになり、そうなれば村人を危険にさらしてしまう恐れがあるからだ。

私もいつの日か、医師になるための勉強をすることができたらと思う。

よもや看守の役目を演じることになろうとは思いもしなかったが、アミーナと私とでキャンプに立ち上げた識字教室に女性が安心して参加するためにはそうするしかなかった。教室のドアの取っ手にいつも重い鎖を掛け、外から開けられないようにしたのだ。そうでもしないと数分おきに子どもが教室に入りこんできて隅に座り、子ども用の小さな椅子にちょこんと腰かけて勉強している自分の母親を指さして冷やかすからだ。

何週間かアミーナと私は夕方になるとキャンプを歩き回り、識字を希望する女性を一定数集めようとしてきた。女性が一人でいるところを見計らって声を掛けるようにした。識字教室に通うことが夫の耳に入る前に妻を説得しておく必要があるからだ。識字と聞いて、面と向かってあざ笑う人がほとんどだった。

ある日の朝七時、一人の女性がドアを叩き、朝食にと卵を一つ頂いた。手に持つとまだ温かく、産み立てだった。アミーナにあげようと卵を差し出すと、自分は要らないからと押し返された。朝食はたいていナーンが一、二枚——バターもジャムもなかった——とお茶なので、卵は飛び切りのご馳走だった。

私たちはその女性を家に招き入れてお茶を勧め、いっしょにテーブルを囲んだ。女性は少しして、私たちのところにやってきた理由を説明した。

「娘が学校に行ってるんだけど、書くのがすごく速いのよ。私も学校に行ってみようかなって思ってね。でも私みたいな年の女が今さら学校で何をって、周りから思われるのが心配でさ。五五なんだけどね。家にいて祈ってるのが普通でしょ？　髪は白髪交じりだし、こんな年で勉強始めるのって、恥ずかしいことかな？」

私は手を叩き、きっぱりと言った。「恥ずかしいどころか、誇らしく思わなくちゃ」

「でも、娘やよその子からは笑われるんじゃない？」

「やってみるべきよ。娘さんが書くのを見ながら、自分は名前すら書けないなんて情けないじゃない。考えてみて。アフガニスタンにいる親戚や知り合いに手紙が書けるようになるのよ。送り先の人が字を読めなくても、誰かが代わりに読んでくれるわ」

識字教室にはいっしょに行ってあげてもいいから、と話した。その日の午後が第一回目だった。女性は約束通り現れた。夫からは偉大な作家か哲学者と結婚したとは知らなかったと言われ、冷やかされたそうだ。

人数こそ少なかったが、勇気ある女性をどうにか集めることができた。ちょうど四時前、一人、また一人と、教室——午前中は、母親たちの子どもが勉強していた教室だ——に入ってきた。まるで近所の鶏を盗んで捕まった人みたいに決まり悪そうで、ヴェールで口元を隠していた。

母親の中には子どもに内緒で来ていた人もいたが、噂は広がっていた。アミーナがノートや鉛筆、鉛筆削り、そして定規をそれぞれに配り始めると、少しして母親たちの娘さんが何人か現れ、教室に駆けこんできてくすくす笑いが始まった。授業の邪魔になるからと、追い出してドアに鎖を掛けるようアミーナに言われた。

しばらくして母親たちは、宿題の手伝いを思い切ってわが子に頼むようになった。ついに自分の名前が書けるようになった母親の中には、これで勉強は終了、知る必要のあることはすべてわかったと考える人もいた。ずる休みしない人には少しばかり褒美——石鹸や米一キロ——を上げたりして、何とか続けさせようとした。

識字教室は重要な役割を担っていた。単に読み書きを学ぶということだけではなかったからだ。識字教室を通して様々な種類の避妊法について教え、子どもは大勢作らないよう勧めた。女性たちのとても多くが識字教室に抱いていた恥の感覚がすっかり消えたわけではなかったが、参加希望者は次第に増えていった。おばあさんでさえ何人かやってきて、小さな椅子に座っていた。おばあさんたちが誇らしかった。仮に同じ状況に私が置かれたとしたら、果たしてこれほどの勇気が持てたかどうか。

時として、母親よりも子どもを学校に通わせることの方がむずかしかった。一人の少女が泣きながら私のところに度々来ていた。学校に行くなと、父親——ムジャヒディーンの兵士としての経験があった——から叩かれるという訴えだった。

その子の母親から予め許可をもらっておいて、父親に会いにいった。白いターバンを巻いた父親は、ドアを開けた瞬間からどこか様子がおかしかった。私は髪を小さなスカーフでおおっていたが、父親は私の顔すら見ようとしなかった。父親はちょいと一歩下がり、妻に告げた。「ドアんとこに女が来てるぞ」大きなスカーフを被った彼の妻が先に立って、六人の子どもと使っている小さな部屋に案内された。壁にはアッラーへの祈りが刺繍された布が掛かっていた。

一番上の娘さんについて話しにきたと父親に伝えた。「で、何をだ？」きつい口調だった。依然として私の目を避け、慣《なら》わしであるお茶を勧めるでもない。

「娘さん、毎日泣いてます。お父さんが学校に行かせてくれないからです。でも、娘さんのことを思ってらっしゃるなら、娘さんが勉強するのを許してあげてほしいんです。娘さんやここにいる子たちが勉強するのを許可しないなら、お子さんばかりでなく、お父さんご自身の今後についても良いことはありませんよ」

父親の後ろの乾いた泥土の壁に向かって話しかけているも同然だった。「だが、俺はイスラム教徒だ。だから子どもたちにも良きイスラム教徒になってほしい。どうしてお前たちはクルアーンだけを教えないんだ？　どうしてああした他の科目も教えるんだ？　お前たちは異教徒だ。娘には異教徒になってほしくない」

子どもの頃にカーブルで祖母が話してくれたマドラサ神学校のこと、そしてもっと最近ではペシャーワルのマドラサのことが思い浮かんだ。そこではクルアーンだけが教えられ、ターリバーンが生まれていた。「子どもを学校に通わせてる家族も良きイスラム教徒です。良きイスラム教徒はクルアーンだけでなく、ほかにも色々勉強することが許されるんです」

私は益々いら立ってきていた。父親の言うことだけでなく、目を合せるのが不愉快でたまらないとでもいうように地面をじっと見続ける、その態度に腹立ちを覚えていた。私たちがイスラムの文化を軽んじていないことは、父親にも十分わかっていたはずだ。例えば欧米の映画を子どもたちに見せる場合、事前に内容を確認していた。キャンプで見せた最高の映画の一つは『シンドラーのリスト』で、男女がベッドにいるシーンはカットしてから見せていた。仮にそのシーンを残しておいたなら、子どもたちは家に帰って両親に話し、学校ではどんな映画を見せているのかと怪訝《けげん》に思われたことだろう。

しかし知識は力であり、知識はより良い将来を娘さんにもたらしてくれるという私の主張は父親には何の効果もなかった。

「あれは俺の娘だ。娘の将来が暗いものになるか明るいものになるか決めるのは、父親であるこの俺だ。あいつが小さな指を使って絨毯を織ることの方が、俺にはよっぽど役に立つ。さあ、もう帰ってくれ」父親はぴしゃりと言った。

腹が立った。「ここには、娘さんのために来ました。娘さんの将来にとって何が一番いいのか、お父さんはおわかりになっていません。娘さん、勉強したいんです。ここに学校があって、恵まれてるんです。なのにお父さんは、自分の娘が無知であっても平気なんですか。勉強してほしくないからって今度またあの子に手を上げるようなことがあったら、キャンプから退去してもらうよう措置を講じますから」

私は腹の虫が収まらなかった。父親の信条のせいで、あの子がこれほど大きな代償を払わなければならないことに無性に腹が立っていた。その子はまったく学校に来なくなった。

私の夢の一つは、すごくたくさんの書物――ペルシャ語とパシュトゥー語の両方で書かれたあらゆる科学、文学、芸術の本、そしてアフガニスタンの遺産と、その遺産がムジャヒディーンとターリバーンによってどういうことになったかについて記録された本――を揃えた図書館がアフガニスタンのどの町や村にも開設されることだ。

バーミヤーン州出身の女性に会ったのはキャンプでだった。女性は、ターリバーンが木っ端みじんに爆破した巨大な石像二体が見えるところに住んでいたという。

「毎朝、ムラーの声で目が覚めました。そして私が朝一番に目にしたのは、仏像でした。一五〇〇年間そこにあった仏像はもうありません。二度と帰ってきません」

第17章

「おばちゃん、新しい靴がほしい」

シャムス――キャンプ中で一番好きな子――が戸口に立っていた。シャムスはアフガニスタンで最も迫害されているハザーラ族の、目鼻立ちの整った、とても小さな五歳の子だ。髪はブロンドで、ハザーラに典型的な中国人のような目をしている。女の子の孤児院で男の子はこの子だけだった。幼すぎて、ずっと年上の男の子たちといっしょにはできないのだ。なぜ孤児院にいるのか、本人にはまだ誰も話してはいない。

両親は亡くなっていること、砲撃で潰された家の下敷きになって殺されたことは誰も教えていない。孤児院の女の子一四人は全員自分の姉だとシャムスは思っているが、実際には一四人のうち一人だけが実の姉だ。その子とは、いっしょにいる時間がほかの子たちよりも長い。

両親の死後、シャムスの一八歳になる兄が、シャムスより一つ上の姉といっしょに難民キャンプに連れてきていた。蓄えはなく、妹と弟の面倒を見ることができなかったからだ。いっしょに生活しているRAWAメンバーは母親であると、シャムスは一も二もなく信じている。

「おばちゃん、ぼく、靴がいるんだよ」シャムスがくり返した。「その靴でサッカーするんだ」

シャムスは私のことをいつも「おばちゃん」と呼ぶ。

シャムスには、靴ほど好きなものはない。孤児院の先生に確認すると、数足持っているという。

「これ以上、靴はあげないで。必要ありませんから」

もったいないとはわかっていても、この子には断れないこともある。新しい靴があればもっとゴールを決められて、そしていつかカーブルチーム——そんなチームがあればの話——で、あるいはアフガニスタン代表としてプレーすることだってできると、シャムスは信じて疑わなかった。

「わかったわ。新しい靴、何とかしてあげる。ほかには何かほしいものあるの？」

シャムスは恥ずかしそうな顔をして、首を横に振った。シャムスのことは、いつも下にも置かない扱いをしている。家にやってくると、お茶さえ勧める。お茶は普通、大人だけに勧めるものだ。シャムスはいつも断る。

シャムスには大人同様の接し方をしているので、キャンプで私は大した人間ではないと思われている節がある。間違いない。偉い人とは、もっとぼくに厳しい人のことだと思っている。家に来るとシャムスはたいてい、最初にアミーナの居場所を聞いてくる。アミーナは紛れもなく偉い人だからだ。

シャムスは明るくて朗らかだ。アルファベットを学び始めたばかりで、「おばちゃーん、おばちゃーん、アルファベット読んであげようか」と言っては、ひっきりなしに私のところに飛んでくる。シャムスはつま先立ちして私にキスし、私は「シャムス、そのうちおばちゃんにキスしなくなっちゃうんでしょ?」と返す。簡単な英語の勉強も始まっていて、授業中に見学者が入ってきても物怖じすることはない。精いっぱい背伸びして大声で発表する。「マイ ネーム イズ シャムス」

キャンプを離れるときはいつも、文房具を持って帰るようにしている。シャムスは絵を描くのが大好きだからだ。そして、まだ読めもしない本が大好きだ。まる一時間、化学の本とにらめっこしていても飽きることがない。一言も理解できないが、ページをあっちにめくりこっちにめくりしている。一ルピーが手に入ると決まって店に飛んでゆき、小さな爆竹を四つ買ってくる。爆竹はとてもひどい音がする。キャンプで生活する難民にとっては特に耐えがたい。アフガニスタンでは爆発と爆風の中を生き延びてきたのだ。「なのに、また爆竹に耐えなければならないなんて」彼らはよく私のところに来てこぼす。しかし私も彼ら同様この音に耐え、眠れない夜をやり過ごすほかない。

いつだったか西欧のジャーナリストを案内してキャンプを見て回っていて、彼の足元で爆竹が鳴ったことがあった。ジャーナリストは驚いて飛び上がった。銃撃されたと思ったのだ。少し離れたところにシャムスが何人かの子と立っているのが目に入った。私は頭に血が上って、怒鳴りつけた。「いい加減にしなさい。この馬鹿助!」シャムスは小ずるくて、手に持っている爆竹が見えないようにしていた。しかし、誰が犯人かはお見通しだ。

シャムスは音を立てるのが大好きだ。ＲＡＷＡの歌が大好きで、カセットプレーヤーの音量を最大にして聴く。まだ幼すぎて歌詞を覚えることもきちんと発音することもできないが、何か歌ってごらんと言うと、とりあえず歌い出して新しい歌詞をでっち上げる。しかしそれでいながら、新たに到着した難民――ナジーブの母親のような――に孤児院の一室を割り当てるほかないとなるとすかさず気を使い、その人たちの迷惑にならないようにできるだけ音を立てまいとする。

爆竹ではなく凧を買うよう、シャムスにいくらかお金を渡すこともある。キャンプの真ん中に立って一人で凧を揚げようとするが、まだ飛び立たせることも空中に浮かせておくこともできない。しばらくすると、凧の薄い紙は破けてしまう。

シャムスのような幼い子を養子縁組で手放すのは感心しない。アメリカやヨーロッパの夫婦からは、キャンプの孤児の一人を養子にして違う人生を提供したいという申し出が多い。しかし私たちは、子どもが育つのを養父母が遠くから支援する遠距離養子縁組しか認めていない。この子たちはアフガニスタンの未来だ。皆、たくさんの才能がある。もしもこの子たちを欧米に送り出してしまったら、その才能は彼の地で呑みこまれてしまうだろう。子どもたちの教育に私たちがこれほどまで力を注ぐのは、アフガニスタンの未来をこの子たちに築いてほしいからだ。世代を一つ失うわけにはいかない。

仮にシャムスが欧米に行って学ぶ機会を与えられるということになっても――カナダから私に会いに学校まで来たいとこに教育支援を持ちかけられたように――、シャムスには断るよう助言するだろう。シャムスのような子どもがたとえ数年間でも西欧で過ごして自らのルーツを忘れてしまったら、アフガニスタンの砂塵の中に戻ってこようとは思わないだろうから。

欧米人夫婦ならこの子たちに親の愛を与えることができると言う人もいる。しかしそれは、RAWAにもできることだ。RAWAのメンバーはこの子たちにとって母親みたいなものだし、男性支援者は父親のようなものだ。それに孤児院の子の多くはキャンプの家族が連れてきていて、ここでなら元の家族との関係が断たれることなく成長する。

アミーナと私はキャンプの月締め帳簿とにらめっこしていた。手間の掛かる仕事だった。学校にいた頃と同様、計算は相変わらず苦手だった。おまけにその晩はまた停電で、ろうそくを灯しての作業を強いられた。と、そこへ、家のドアを軽く叩く音がした。

ドアを開けると、小さい女の子が立っていた。「急いで来て。女の人が自殺しようとしたの」

慌てて駆けつけると女性が床に倒れていて、頭の近くには小さな血だまりと嘔吐の跡があった。水の入ったボウルが隅にあって、食べかけのナーンが浮かんでいる。ナーンはたぶん誰かが捨てたもので、水に浸かっているのは柔らかくするためだ。

涼しい日だったが、女性は汗びっしょりだった。片方の目の周りには傷があって、あざになっている。殺鼠剤《さっそ》を瓶から半分飲みこんでいることがわかり、救急車で搬送してもらった。

病院に見舞いに行くと、医師が胃を洗浄してくれたお陰で回復しつつあった。女性と話して、なぜ自殺しようとしたのか初めてわかった。夫のムハンマドはアヘン常用者だった。夫婦にはお金がなかったが、妻が物乞いをしてでも何がしかの稼ぎを得ようとテントから出ていこうとするのをムハンマドは許さなかった。だったらと妻が食べ物を買うお金を求めると、ムハンマドは暴力を振るったという。

ムハンマドを見つけに、彼の家に戻った。ムハンマドはアフガニスタン北部クナル州の出身だった。ドラッグはペシャーワルのカルハノ市場で見つけたと、彼はゆっくりと、とてもゆっくりと話した。そこはヘロインを使う薬物依存者のたまり場で、警察でさえ立ち入らない危険区域だ。

「そこに行ったのは、煉瓦工場で一ヵ月働いてからだ。背中の痛みがひどくって、煉瓦一つ持ち上がらなかった。工場ではもう働けなかったんだ。売人に会って、仕事探しはもう諦めた方がいいって言われた。あと、こうも言われたんだ。『パキスタンでは仕事は見つからないし、アフガニスタンにも戻れないだろう。だが、お前にいいものやるよ。金とか仕事とか女房とかのせいで、お前がこの世で抱えてる厄介は全部忘れさせてくれるぞ』って」

ムハンマドは少し間を置いて、初めてヘロインを打ったときのことを思い起こした。「別世界に入ってってたんだ。そりゃー、きれいだった。気持ちがいいったらなかった。貧乏とか女房と何食おうかとか、何にも考えなかった。心底ご機嫌さ。たぶん二、三時間、夢のようだった。もっとほしかった。ところがここに戻ったら、食い物が何もねえって女房が言うんだ。ポケットはすっからかんだ。で、女房を殴った」

ムハンマドがカルハノ市場に通ったのは、ほんの数回だった。ヘロインにはすぐに手が届かなくなったからだ。そこでアヘンに替えた。できる仕事はもうなく、家には食べ物がない。そして彼は薬物依存症だった。

奥さんが家から出るのをどうして許可しなかったのか尋ねた。

「なぜって、恥だからさ。自分には家から出る体力がないからって、アヘンを買う金のために女房を外に出せるかよ」

ムハンマドから聞いた話をアミーナに伝えると、ひどく胸を痛めていた。今もアフガニスタンにいる彼女の兄もまた、教育の機会も将来の希望も失って薬物依存症だった。ムハンマドもアミーナの兄も、ターリバーンの後ろ盾——かなりの金額を納めた見返り——があって商売を広げたアフガニスタンとパキスタンの麻薬王に搾取された何千もの人たちと同じ道をたどっていた。

RAWAメンバーで寄付を募り、ムハンマドの依存症治療のための資金とした。そして、煉瓦工場に戻るよう説得した。つらい仕事だったが、彼が就ける仕事はそれしかなかった。


キャンプで極貧の家族が行なう結婚式ほど腹立たしいものはない。中でもショックだったのは、アミーナが教えていた十代の女の子の結婚式だ。その子の母親はアミーナの識字教室に通っていたので、アミーナと私は招待を断れなかった。

三〇歳以上も年の離れた男との見合い結婚ということもあって、私は気が進まなかった。女の子の家はひどく貧しく、式に先立って絨毯やら何やらを私たちのところに借りにきていた。結婚式に到着してみると、両親はキャンプばかりかペシャーワル市街からも親族すべてを招待していることがわかった。自分たちの泥土の小さな家だけでは狭過ぎて、近所の空きスペースも借りていた。

招待客をもてなすために潰した山羊一頭と羊二頭の臭いで空気は重く澱《よど》んでいた。食事にかかる費用は、この家族にとって大変な負担だ。盲目のおじいさんが雇われていて、二弦ギターのドタールが演奏される中、昔ながらの歌を歌った。おじいさんは目が見えなかったので、男性用に用意された部屋と女性が割り当てられた場所の両方を自由に行き来して歌うことができた。昔からの慣《なら》わしで、祝いの席で女性が踊っているのを目明きの男性が見ることは許されないのだ。そうした精神的風土だった。

祝意を伝えようと花嫁のそばに行くと、金モールのついた赤い花嫁衣裳を着て厚化粧を施し、たくさんの腕輪と宝石で飾り立てていた。アミーナが話しかけた。「学校にはこれからも来るって約束して」

花嫁は決まり悪そうだった。「わかんない。夫次第かな？」

「それは違うわ。あなた次第なのよ。自分の将来が懸かってるのよ」

参列者はとても貧しく、祝儀は一人一〇ルピーか二〇ルピー――卵いくつかと山羊の乳を少しばかり買える程度――だ。披露宴は三日間続いた。

翌週、私たちは母親に会いに行った。結婚式に大金をつぎこんでしまったので、私たちに勧めてくれたお茶に入れる砂糖すら家にはなかった。

私は気持ちが収まっていなくて、憮然としていた。

「お母さん、最初、娘さんをずっと年の離れた男に嫁がせることにしたわよね。そして結婚式に大変なお金を使った。で、今じゃお茶に入れる砂糖もないってわけ？」

母親は涙ぐんでいた。「そうするしかなかったのよ。誰か娘を守ってくれる人が必要だったの。夫は結婚式のためにずい分借金しなけりゃならなかった。だって、ちっぽけな式だったって後ろ指をさされて生きてはいけないもの」

私の両親の結婚式と、まさにその「ちっぽけな式」でなければならないと言って譲らなかった母の断固とした主張について考えた。自分の国では毎日のように砲弾がたくさん炸裂しているというのに、どうしてアフガニスタン人はあのような祝い事ができるのだろうと不思議でならなかった。娘さんは学校に戻らなかった。会いに行くと、妊娠していて、子どもが大きくなってからでないと学校には戻れないと言っていた。いつか彼女が戻ってくることを願う。

人が死ぬのを常に見ないようにしていた。何を見てもたいていは平気だったが、人が死ぬのを見るのだけは別だった。死体を見るのはなおさらだ。そうは言っても選択肢のないときもあって、弔問には行かざるをえない。結婚式だけ出席して葬儀には顔も出さないとなれば、すぐに難民に見限られてしまう。喜びの時だけを共にし、悲しみの時はなかったことにしてしまうようなものだからだ。しかし私にとっては、それこそが毎回試練だった。

遺体が安置された部屋にいると、私はあちこち――弔問客、床、壁など――に目を走らせる。ただし、遺体にだけは目を向けない。お腹が砲弾の破片でひどく傷ついた女性を目にしたことがある。その夫はカーブルですべてを捨て、妻をパキスタンの病院に連れてきていた。医師が救命処置をする間、夫は泣き叫んでいた。私は何もしてあげられなかった。後に女性の遺体を目にしたが、葬儀に向けて遺体の湯灌《ゆかん》（旅立ちの身支度として故人の体を洗い清めること）を手伝う気にはなれなかった。

いつだったか出かけた先のキャンプで、アミーナと私はあるテントに呼ばれた。行ってみると男の人が一人、手足を投げ出して地面に横たわっていた。かなりの重病だった。遺体の口が開かないようにする同じやり方で、頭を紐で縛ってあった。紐をほどいてあげると、「病気で、もうすぐ死ぬのは分かっておってな。ただ、紐でわしの頭を縛ってくれる人がおらなくて……。で、犬のように死ぬ前に、自分で縛ったんじゃ」と言う。その人は数日後に亡くなったが、葬儀に出かける気にはなれなかった。テレビで死体を見ることさえ、私には耐えられない。

夕方になって時間があると、時々キャンプを散歩する。あちこち家を訪ね、何か必要としているものがないか観察する。難民は頼み事があっても気まずかったり恥と思っていたりして、私たちのところに来ないことがよくあるからだ。誰かが病に臥せっていると知らせが入ると、その人の具合を家族のところに行って聞いてくるのは私たちの役目だ。一度、ブルカを被ってキャンプを回ったことがある。ＲＡＷＡのメンバーであることを隠し、難民がどう暮らしているのか見てみたかったからだ。

私はいつも、何も知らせずにひょっこり姿を現すようにしている。さもないと、これ以上にないもてなしの精神で食事を準備されることになってしまうからだ。難民の口から食べ物を奪いたくはない。未だに自分自身が腹立たしくてならないことがある。その日は次から次へと難民に会っていてとても忙しく、キャンプの、ある女性の家に招待されていることを忘れていたのだ。その女性は貧しかったが、私のためになけなしのお金を叩《はた》いて料理――鶏肉の炊きこみご飯――を準備して待ってくれていた。その人の手にキスして謝り、赦してもらった。

私がキャンプを回る経路は、度々墓地の横を通る。そこには地面を掘ってただ遺体を埋めただけの墓が何千もあって、墓地は通り過ぎる度に大きくなっているような気がする。家が貧しすぎて、故人の名を記す板の墓標一つ買うお金すらないというケースもある。私は墓地の中には入らない。もしもRAWAが活動をやめていたら、墓地の大きさはこの二倍にはなっていたことだろう。

真夜中過ぎになって床に就くと、アフガニスタンとパキスタンにいるRAWAの仲間が無事かどうかいつも心配になる。どこにいようと安全ではないからだ。難民やRAWAメンバーからぞっとする話を聞く度に心配になる。アフガニスタンから戻ったあるメンバーに、砲弾の直撃を受けた自分の家の残骸をよじ登る母親の話を聞いた。息子さんの頭が残骸の片側にあって、体の残りはもう一方の側にあったという。母親は、息子さんのばらばらになった体を拾い集めようとしていたのだ。この母親は、悪夢に何度も現れるようになった。その母親をじっと見つめていて身動き一つできず、声一つ上げられない。

死は祝福であるなどとターリバーンのように信じていないし、殉教も信じてはいない。死ぬことは恐ろしいが、その理由はただ一つ。同胞に尽くすことなく、自分が生きた証しを何も残さずに死んでしまうのは恐ろしいということだ。明日になって、自動車事故で死ぬのは嫌だ。私の国がもがき苦しむ、海ほどの痛みや悲しみを前にして、自分たちのやっていることが水一滴よりもずっと小さく感じられることもある。しかし、私は続けなければならない。信じているからだ。事態はきっと変えられると信じているからだ。

単に費用を捻出できないがために、救いを求める訴えを退けざるをえないこともある。私のところにやってきた、ある年輩の女性を忘れることはないだろう。その人はアフガニスタンの中央に位置する村が戦場になったために逃げてきていた。五人の子ども共々、キャンプへの入村許可を乞われたのだ。

夫は亡くなったという。女性はしゃがみこみ、私の足にふれて訴えた。「どうかここに置いてください。せめて子どもだけでも孤児院でお引き受けください。私には食べさせることができません。子どもは差し上げます」断るほかなかった。キャンプには一人として受け入れる余裕がなかったからだ。この家族の毎日の食事や薬、そして五人の子の教育に回す資金はなかった。

私が住んでいた家でなら何とかなりそうだったのでいったんは母親と子どもたちを引き受けたが、ほんの一時的な解決策だった。女性は私を恨んではいなかったが、この先この親子はどうなるのだろうと責任を感じた。その後、親子がどこに行ったのかはわからない。別のキャンプに落ち着けたことを祈るばかりだ。

第6部

ヴェールの向こう

第18章

イスラマバードにあるターリバーン大使館の小さなドアを通り抜け、女性専用窓口を見つけてパスポートの列に並んだ。受付カウンターの係官の後ろ、壁の貼り紙に気づいたのはそのときだ。黒インクで手書きされていて、達筆だった。「ブルカの女性は牡蠣の中の真珠のよう」とある。カーブルでのブルカの着心地を思い出し、一体誰がこんな詩情をブルカに読みこめるのだろうとあきれ返った。私にしてみれば、ブルカの中の女性は棺桶に閉じこめられた生身の人間だ。しかしいずれにしてもターリバーンは、アフガニスタン女性が国外に出ることを止められなかった。

初めてアメリカを訪れたとき、バッグにはパスポートとブルカの両方が入っていた。二〇〇一年二月のマディソン・スクエア・ガーデンでの集会で話すよう、『ヴァギナ・モノローグ』（「膣の独白」の意）を執筆した劇作家のイーヴ・エンスラーさんがＲＡＷＡを招待してくれたのだ。集会は、女性への暴力撲滅を目指して闘うヴィー・デイ・ムーヴメント（すべての女性、少女、そして地球に対する暴力をなくすためのグローバルな活動家の運動）の主催だった。世界中のＮＧＯ団体代表の女性が発言の機会を持つことになる。

ニューヨークについては以前、パキスタンでテレビの映画を通して何度か目にはしていた。しかし実際に来てみると、歩いていて目まいを覚えるほどだった。私の国では、すべてが破壊されていた。目の前のビルと少しでも似通ったものがカーブルに一つ建設されるまで、一体どのくらいの年月がかかるのだろうと考えあぐねた。その実現に要するエネルギーと労力を想像し、数世紀はかかると思った。私は生きてそれを見ることはないだろう。

超高層ビルは山のようだった。いつの日か、自分の国にも新しい自由の女神像が建つことを思い描いた。アメリカ人同様、アフガニスタン人にとっても自由の意味を持つ女神像だ。

店から店へと見て歩き、富を実感した。難民に薬を買ってあげたかった。アフガニスタンの仲間が使える小型カメラも買いたかった。仕事でとても忙しい人たち、その晩の招待客をどんなご馳走でもてなすか何の心配もない人たち、そして何年もの学校生活とその後の大学進学を楽しみにすることのできる子どもたちの幸せそうな様子が目に留まった。

イーヴ・エンスラーさんと会い、集会までの数日間を彼女の家で過ごさせてもらった。イーヴは私を見るなり涙を流し、ハグしてきた。イーヴはとても勇敢で、私たちの大義の熱烈な支持者だった。初めて会ったのはパキスタンでだ。アフガニスタンの女性と交流し、子どものための秘密の教室を覗こうと、彼女がRAWAのメンバーとともに国境を越える前だった。彼女は後に、『ブルカの下』という詩を書いている。アメリカ訪問にはブルカを持参するよう頼んだのは、スピーチでそれを使ってほしいからだと明かされた。

集会の前に女優のジェイン・フォンダと会い、私も学校の友だちも映画『ジュリア』が大好きだったこと、そして『ジュリア』は現在の仕事に就くきっかけにもなったことを伝えた。アフガニスタンをテーマにした映画を作る可能性について聞いてみると、ぜひ相談しましょうと言っていた。とてもやさしい人だった。アフガニスタンの実情について話すと、涙ぐんでいた。

オープラ・ウィンフリー（アメリカ合衆国の俳優、テレビ番組の司会者兼プロデューサー、慈善家で、アメリカで最も裕福なアフリカ系アメリカ人）による『ブルカの下』の朗読が終わり、ステージに上がるときが来た。私を直接照らすスポットライトを除き、照明はすべて消えた。私はブルカを着るよう言われていて、光が顔の前のメッシュを通して射しこんでくると目に涙がにじんだ。歌手が何人か、アメリカの祈りの歌——悲哀に満ちたメロディーだった——を歌っていた。私はなるべくゆっくり歩くことにした。一歩進んでは止まり、また一歩進んでは止まった。階段を数段上らなくてはならなかった。しかしブルカを着ている上に涙で濡れた布地が肌にまとわりついて前がよく見えず、階段を上るには手を貸してもらうほかなかった。オープラはゆっくりと、とてもゆっくりと私のブルカを持ち上げ、そしてステージに置いた。一八〇〇〇人もの人たちの前で話すのは初めてだったが、緊張はしていなかった。いずれにしても観客席はとても暗く、何も見えなかった。スピーチが終わると、会場は再び明るくなった。人々は席から立ち上がって拍手していた。スタンディングオベーションで連帯が表明されるのを目にしてうれしかったが、支援する気持ちになってもらうことの方が私には大事だった。

二〇〇一年九月一一日、RAWAの友人のサイマ、そしてボディーガード兼運転手の男性支援者に付き添われてイスラマバードの空港に到着した。女性革命協会を代表していくつかの会議に出席するために、スペインに飛ぶ予定だった。

空港のメインホールに入り、天井から吊るされたテレビの周りにかなりの人だかりができていることに気づいた。おしゃべりしている人は誰一人いない。近くに寄って、テレビのヘッドラインを読んだ。「CNN最新ニュース――アメリカへの攻撃」とある。画面には何も映っていない。粉じんだけだ。ものすごい粉じんだ。

粉じんはすぐに、世界貿易センタービルの映像に切り替わった。

暴力やテロは母国で何度も目にしているが、このようにテレビで放送されたことはない。男の人が一人、ビルの一つから飛び降りた。悪夢だった。山のようなビルの中にいる自分を想像した。ある男の人が自分の母親に電話してきたというニュース報道を聞いて、自分自身の両親を思った。ビルに激突する飛行機は、カーブルのわが家の庭にあった避難壕、ここなら安全だと人々がすがった何千もの避難壕を直撃する砲弾を連想させた。

今回のテロ攻撃はウサーマ・ビン・ラーディンとの関連が推察されると、解説者は言及していた。

私はRAWAの隠れ家の一つに電話を掛け、CNNかBBCを観ているか聞いた。テレビは切ってあるという。すぐにつけるよう言い、後でまた連絡するからと伝えて電話を切った。この先、旅を続けて良いものかどうかわからなかった。

私たちは皆、この攻撃の黒幕はビン・ラーディンだと確信していた。

「仮にビン・ラーディンだとしたら、アメリカは報復に出るわ」そう私が言うと、サイマはうなずいた。「そうなったら、みんな危険よ。アフガニスタンのみんながね。アメリカがたった一日であいつを始末できるはずないもの」

「これって、身内の戦争よね。ビン・ラーディンはロシア軍と戦うのをCIAに助けてもらって、何年もアメリカの手下だったでしょ。それが今になってアメリカに逆らったってことよね。アメリカが怒らないわけがない。でも、その付けを払わされるのは大勢のアフガニスタン人だわ」

「そしてその後よ。アメリカがターリバーンに制裁を加えた後は？　奴らの力は失われるけど、で、その後はどうなるの？」サイマが言った。

その答えは、誰にもわからなかった。

RAWAからはその後、予定通りスペインに向かうよう指示があった。搭乗して自分の座席に座り、ビルにいた人々のことを考えた。もし死を覚悟していたとしたら、彼らは親や子に何を言い残したかったのだろう。

スペインへのフライトに向けて気持ちを落ち着かせよう——飛行機ではいつも、閉所恐怖症気味になる——としていると、欧米人の夫婦が隣の席に座った。

二人とも中年で、ジーンズを履いてTシャツを着ている。言葉を交わすことはなかったが、そのアクセントからアメリカ人だろうと見当はついた。

るか」

「アフガニスタンの奴らめ」夫が妻に言った。「奴らにこんなことをさせておいて、黙っていられ

「ブッシュは覚悟を決めて、アフガニスタンを爆撃すべきだわ」妻が返した。

私は静かに座っていた。私はアフガニスタン人だがビン・ラーディンを守ろうとしたことはなく、あなた方と同じくらいこの男を憎んでいると伝えたら二人はどんな顔をするだろうと思った。血で赤く染まった一筋の川がアフガニスタンの無辜《むこ》の民と一握りのテロリストを別《わか》っているのだ。ビン・ラーディンと片目のムラー・オマル――ターリバーンの精神的指導者で、アミール・ウル＝ムウミニーン（イスラム教徒の長）と自ら称することを好んだ――が即座に殺されてほしくはなかった。まずは二人を檻に閉じこめ、世界中の最も有名な動物園を連れ回したい。そうすれば人々は、奴らがどれほど狂暴な獣であるかはっきりとわかるだろうから。

しかし、アメリカ人夫婦には話しかけなかった。その代わり、映画に集中しようとした。何本かある中で選んだのは、コメディーの『ミ、ス、タ、ー・ビ、ー、ン』だ。

ドバイ空港では別の便に乗り継ぐことになっていたが、パスポートコントロールで足止めを食った。係官は、私がターリバーン大使館で渡されたパスポートの表紙をじっと見た。表紙にはアフガニスタン・イスラム首長国とある。

「スペインではどなたにお会いになりますか」パスポートを何度もひっくり返しながら、係官が聞いてきた。

「親戚です。マドリードにおばがいます」嘘だ。

私の返事に、係官は納得がいかなかった。「お待ちいただけますか。パスポートを少し預からせてください」

一五分して係官は戻り、パスポートを返して寄こした。「申し訳ありませんが、フライトはキャンセルとなりました。ご利用できる便はほかにございません。三日お待ちいただかなければなりませんが、いずれ別の便に空席があるかどうかお知らせできると思います。お待ちいただけるのであれば……」今度は係官が嘘をつく番だった。「なぜ搭乗できないのでしょうか。パスポートに何か問題でも?」私は食い下がった。

「申し訳ありませんが、私にはどうすることもできません。アフガニスタン国籍については細心の注意を払うよう、指示があったものですから。申し上げられるのはそれだけです」

私自身の落ち度ではなく、パスポートと国籍のせいだった。選択肢はなかった。もう一度RAWAに電話し、パキスタンに戻る飛行機を探すしかなかった。イスラマバードへの便を待つ間、CNNを観て何時間も過ごした。アフガニスタン人はあらゆる苦しみを味わっていて、私たちこそがニューヨークとワシントンの人々の苦しみをわが事として一番に感じることができるように思えた。ビン・ラーディンの記録映像が流れた。その着こなし、伏し目がちに座っているその姿、そして虚ろで不可思議なその表情を見て、狡猾にも預言者の役を演じようとしているのだと思った。

イスラマバードに戻ると、コンピューター担当のマフムーダがいつになく落ちこんでいる様子だった。世界中の人々から届くEメールに数時間ぶっ通しで対応しているのは彼女だ。マフムーダはコンピューターに向かうと、長い夜を乗り越えようとコーヒーを飲む。彼女の仕事時間は、電話料金が一番安い夜なのだ。

「受け取るメールは、支持の声がほとんどよ。でも、ヘイトメールもあなたが想像できないくらいたくさんある」その何通かを見せてもらった。悪口雑言に満ちていた。しかし最悪なのは、多くがかつての支援者からのものだったということだ。アフガニスタンには我慢がならず、RAWAにはもうこれ以上寄付したくないという。九月一一日以降に送られてきたEメールの一〇パーセントくらいは否定的な内容で、その多くが実にひどいものだった。

ある男性からのメールにはこうあった。「人々は遠からずこう言うだろう。『いいかい、アフガニスタンにもかつては山があったんだよ』」また、リーと名乗る別の男性はこうだ。「間に合わなくなる前に、そのろくでもない国から出ていけ。俺たち（USA）はお前らを核爆弾で吹っ飛ばしてやるからな。頭のその馬鹿げた布切れを捨てて、本当の世界の一員になんな。このターバン野郎」

「私、どうすればいい？」マフムーダに聞かれた。

「返事して。返事を書かなくちゃ。できるだけ温かい内容にして、できるだけ大勢の人に送りましょう」そう提案した。

マフムーダはこんなメッセージを書き送った。「このようなとき、あなたのお怒りはごもっともと存じます。私たちにとってもあの攻撃は衝撃で、アメリカの人々の怒りと悲しみを共に分かつものです」そして一言、こうつけ加えた。「私たちもまた、『一握りの残忍な人間亜種』とも言うべきターリバーンとアフガニスタンのイスラム原理主義者による犠牲者なのです」

このメッセージを受け取った人の多くは、先のメールを謝罪する旨返事を送って寄こした。

「そう離れてないところにまた爆弾が落ちてね。でも、心配しないで。みんな、無事だから」

シャブナムの声はかき消されそうで、カーブルへの電話は雑音が絶えなかった。ペシャーワルから彼女に電話が繋がるまで一時間半かかっていた。首都カーブルにいるRAWAの仲間の一人、シャブナムの話では、すでに市民数人が殺されているそうだ。爆撃による被害状況の写真をできるだけ急いで送るからと約束してくれた。直後、電話は不通となった。

その前日の晩、私は夜中の二時まで起きていて、アメリカ軍の攻撃でテレビ画面に閃光が走るのを見ていた。目は画面に釘付けだったが、心の内ではカーブルの仲間一人ひとりが目の前に立っているかのようにはっきりと見えていた。

九月一一日の攻撃以降、当時生活していた隠れ家では早朝から深夜までCNNは毎日つけっ放しで、アフガニスタン関連のニュースが流れるのを待ち続けた。

後にカーブルから国境、そしてパキスタンへとどうにかたどり着いたあるメンバーが教えてくれたところでは、アメリカの攻撃が始まってすぐ、飲料水の配送トラックを攻撃機がタンクローリーと誤認して爆弾を投下したという。カーブルは深刻な干ばつ状態にあって、トラックは市の中心を走っていたのだそうだ。家屋が五棟、巻き添えを食って破壊されたということだった。

ワシントンがビン・ラーディンだけをピンポイントで狙い撃ちすることは不可能だった。大勢の無実の人々が最初に犠牲になった。

自分のせいではないのに、その母親は自らを責めていた。「夜、六歳になる息子を抱いて、夫と山中を何キロも歩いた」「ターリバーンのパトロールを避け、夜間だけ歩いた」「疲れ切って、息子をそれ以上抱いていることができなくなった」「息子を細い道に下ろし、自分の前を歩かせた」母親は何度もくり返した。道は崖っぷちにあって、暗闇の中で息子が足を滑らせ崖下に消えていくのがかろうじて見えただけだったという。

「自分のことばかり考えてた。これは天罰なんだ」難民キャンプの私の家の床に座り、ウズベク族の女性が言った。ムラー・オマルがアメリカに対してジハド（聖戦）を宣言し、一家族当たり男一人が募兵に応じるよう命じたとき、彼女は夫と子どもとでパキスタンに逃れたのだった。パキスタンはアフガニスタンからの避難民流入を止めようと、すぐさまアフガニスタンとの国境を封鎖した。

この数週間で大勢の難民が到着していて、キャンプにはこの夫婦を受け入れるだけの居住スペースはなかった。そこでアミーナは解決策が見つかるまでの間、私たちの家で過ごすよう女性を招き入れた。女性の靴はばらばらになるのを紐で結わき止めていてぼろぼろ、延々と歩いてきた足は血だらけだった。パキスタンに着くまでに、女性は有り金すべてを使い果たしていた。絨毯を織る仕事を見つけてほしい、夫には煉瓦工場の仕事を世話してもらえないかと乞われた。

　女性は山に残って息子さんの遺体を探したかったが、危険すぎるし、先に進まなければならないと夫に言われたという。あの崖から落ちて、助かる見こみはないから、と。

第19章

ここ何日か、学校の教室が女子生徒の練習で騒がしい。叫び声や、取っ組み合って何かを叩く音がする。教室の前を通ると、「この異教徒め！」といった叫びが度々聞こえてくる。ヨーロッパの国会議員代表団による難民キャンプ訪問が迫っていて、私はその準備をしていた。生徒の方がアミーナや私よりも忙しそうだと思うこともあった。

アミーナも私も教室に入るのは許されなかった。近寄らないよう、ちびっ子のシャムスからいつも注意された。シャムスは、代表団の訪問時に上演する劇を準備している女子生徒たちといっしょになって動いていた。生徒たちは「弟」のシャムスにも劇で何か役を演じさせようとしたが、セリフをいつも忘れて――はっと立ちすくんで、「ここで何て言うんだっけ？」と聞く始末――しまうのでキャストは諦め、代わりに助手として使うことにしたのだった。

生徒は七歳から一四歳までの子たちだ。皆、とても貧しい家の出だったが、発想は豊かだった。シャムスは女子生徒の使いで日にたいてい数回、劇で使うあれこれを注文しに来る日も来る日もやってきた。

シャムスがドアを一〇回かそこら叩く——シャムスはドアの外にある靴を見て、私が中にいることはすでにわかっている——と、私はドアを開けてシャムスの足を引っ張る。「本当のこと言うのよ。あなた、今やってること全部の責任者なんでしょ？」

シャムスはうれしそうだが、首を横に振る。「違う、違う。お姉ちゃんたちだよ」

「あなたがいなかったら、きっとこの劇できないわよね」

シャムスは満面の笑みを懸命に隠しながら走って逃げる。

生徒は伝統に従って暮らしている家族のところに行ってターバンを貸してもらい、男の子の服と鞭についてては以前の劇でビニール袋とロープから作ってあったものを借りに来た。注文それぞれについて、貸し出すようメモを書いてシャムスに渡す必要があった。シャムスは字を読めなかったが、こうしたメモを手にすることで得られる力——メモを見せれば、ほしい物が手に入る——にすぐ気づいた。シャムスはメモをとても丁寧に四つ折りにし、胸のポケットに収める。この、ＶＩＰになったような感覚が大好きだった。

「お姉ちゃんたち」は挙げ句に、カラシニコフを一二丁ほしがった。くれぐれも銃弾が入っていないことを確認した上で一丁だけ貸し出すよう、キャンプの警備員の一人にメモを書いた。カラシニコフは一丁で十分なはずだ。象徴的な意味があれば良いのだから。

「シャムス、楽しくやってる？」ある日、聞いてみた。「やさしくしてもらってるの？」

「うん、大丈夫」シャムスは小さな胸を張って答えた。

「お姉ちゃんたち」は今、電子オルガンが弾ける、ある男性支援者を呼んでもらいたがっているとシャムスが伝えに来た。歌を歌うとき、伴奏してほしいのだ。その人はほかの仕事で忙しかったのでどうしたものかと迷ったが、ついに根負けして来てくれるようお願いした。

代表団が到着したその日、子どもたちは興奮状態だった。アミーナと私がキャンプについて説明しようと代表団とともに席に着くなり、シャムスがドアを叩いて入ってきて私にすり寄った。

「おばちゃん、この人たちいつ学校に来るの？」ささやき声で言った。

「今度また邪魔に入ったら先生に報告しますからね」ぴしゃりと言って追い払った。

午後遅くになってもまだ代表団を案内して回っていて、出発まで一時間を切っていた。日が暮れかかっていた。代表団はあまり遅くまでキャンプにいるわけにはいかない。夜のペシャーワルは、安心して移動できるようなところではないからだ。キャンプには代表団に見せたいものがまだたくさんあったが、生徒の劇を見せに連れていくことにした。代表団が来ないとなったら、子どもたちはよほどがっかりしてしまうだろうから。

校庭に入ると女子生徒が左右両側に並んでいて、歓迎のしるしとして花びらを私たちに投げかけて迎えてくれた。私たちは全員、ステージの前の席——教室から運んだ小さな椅子——に着いた。ステージは乾燥した泥土でできていて、ひどく雨が降った後にはもう一度作り直さなければならないといった代物だ。

シャムスは走り回っていて、とても忙しそうだった。着ている服は洗濯され、アイロンが掛かっている。シャムス自身もシャワーを浴びていて、髪も洗ってある。前髪に入念に櫛を入れている姿を見て、シャムスを捕まえた。「次は香水がいりそうね」そう言って、からかった。「女の子みたいになってるわよ。男の子ってこと忘れないようにね」シャムスは顔をしかめ、身を振りほどいた。

私はステージに上がり、カーテンの後ろに回ろうとした。ひげとヴェールがちらりと目に入った途端、「見ちゃだめ」と女子生徒に制された。

覗かない代わりに、どんな内容なのか教えてくれるよう注文をつけた。反対されはしたが、生徒が準備したスケッチを何枚か、そして歌と詩を一つずつ諦めさせるほかなかった。時間がほとんどなかった。

いつになったらと思えるほど長く待たされ、ようやく幕の間からぬっと手が出て、十代の生徒が登場した。いよいよ始まりだ。生徒は幕の前で短いスピーチをして、外国人訪問客にキャンプに来てくれたことへの感謝の言葉を述べた。そしてさらに長いこと待たされる間、幕の後ろからはどたんばたんと物音が聞こえてきた。

何を見ることになるのかわからず終《じま》いだったことにはたと気づいた。どう考えても、リハーサルは見せるよう強く言うべきだった。

幕が左右に引かれ、ウサーマ・ビン・ラーディン――正確に言うと、サウジアラビアの白いローブをまとい、黒のゴミ袋を切って作ったひげを両頰に貼りつけた女子生徒――が現れた。ビン・ラーディンは押し黙ったまま、ステージ上に視線を落としている。そして、ターバンを巻いてひげも生やしたターリバーンがへつらうようにビン・ラーディンを囲んでいる。

女子生徒の衣装はあえて汚してあり、ターリバーンの服のように薄汚く見えるようにしてある。ターリバーンの一人は本物のカラシニコフを持っているが、銃を手にしたその子は見るからに怯えている。

別の女子生徒が代表団に通訳し終えると、子どもたちが英語を学んでいる教室にターリバーンが乱入してきた。

「何だ、これは?」ターリバーンは本を上下逆さまに持ち——文字が読めないことを表している——、太い声で叫んだ。「お前ら、何教わってんだ? 異教徒や売春婦になりてえのか」子どもたちやその親、そして教師は逮捕され、ビン・ラーディンの前に引きずり出された。「こいつらの首をはねろ」視線を落としたまま、ビン・ラーディンが命じた。

しかし教師は子どもたちとともにターリバーンのひげを引っ張ったり、蹴ったり、叩いたりして反撃。赤インクのビニール袋が、ターリバーンのお腹で破裂した。殴り合いは真に迫っていた。

ターリバーンはもう勝ち目はないと観念し、矛先をビン・ラーディンに転じて叫んだ。「この国から出てけ!」ビン・ラーディンは面目丸つぶれとなり、ローブの裾に足を取られながらステージから逃げ出した。

ターリバーンとその敵の北部同盟ムジャヒディーンに反対する歌が歌われ、詩が詠まれた後、拍手喝采の中で幕が閉じた。自分たちだけでやり遂げた子どもたちが誇らしかった。劇はたわいないものだったが、欧米が世界の最重要指名手配犯として名指ししたテロリストに対する抵抗と反逆の力強いメッセージだった。敗北となればターリバーンだって、直ちにビン・ラーディンを見限るだろうというのが子どもたちの考えだった。その後何日か、女子生徒たちの頬には黒の細長いビニールが貼りついていた。使った接着剤がかなり強力だったため、また元の顔に戻るには少し時間がかかった。

ターリバーンの敗北を知って残念がる人は難民キャンプにはいなかった。しかしターリバーンがカーブルから敗走し、古参のムジャヒディーン数グループ（アフマド・シャー・マスードらタジク人を中心とするイスラム協会、ウズベク人のイスラム民族運動、そしてハザーラ人を中心とするイスラム統一党など）からなる北部同盟が首都を奪還したからといって、喜ぶ人もいなかった。キャンプ中どこでも、人々は「ご愁傷様です」と互いに言い合って首を横に振った。まるで家族の誰かが亡くなってしまったかのよう。北部同盟指導者が今になって民主主義や選挙、そして女性の権利さえも口にしだしたとて、連中の手が血塗られていることは周知の事実だったからだ。北部同盟は一九九〇年代初頭に自国民を砲撃した、その同じ軍閥だった。

キャンプでいっしょに暮らしている未亡人三人と話した。三人とも、ムジャヒディーンのせいで夫を亡くしていた。「今、私たちに何ができる？」そう聞かれた。「いつか国に帰れるかも知れないっていう希望はすっかりなくなっちゃったわ」ターリバーンが倒れた今、三人は亡命中の王、ムハンマド・ザーヒル・シャーの帰国を願っていた。

アフガニスタンに帰国したいと言う人はいなかった。ハザーラ族――シャムスはハザーラだ――の男性何人かは、今カーブルに戻ったら、北部同盟の奴らに目玉をえぐり出されるか、「死体の舞」のやり口で首をはねられるだろうと言っていた。世界は今、アフガニスタンに注目しているから、そうした犯罪行為がくり返されることはたぶんないだろうと言う難民もいた。

その後の数日間、難民がぞくぞくとキャンプに到着した。彼らはアメリカ軍の攻撃を耐え抜きはしたが、続いて軍閥が戻ってきたので逃げることにしたのだ。わずか数年前に目の当たりにした犯罪を忘れてはいなかったし、自分の娘がレイプされるのを恐れたからだ。

口ではどう言おうと、北部同盟が平和と民主主義をアフガニスタンにもたらすなどとは到底思えない。軍閥は総じて、その唯一の目的は自分たちこそが権力を握ることであって、互いに協調するつもりなど微塵もないからだ。十中八九、内戦になる。国連軍が軍閥すべての武装解除と自由選挙の監視をすることによってのみ、わが国の戦争を終わらせることができる。そして、民主的で宗教色のない政府のみが女性の権利を含む人権を保障することができる。

アフガニスタンの民族音楽にとても古い歌がある。ずっと好きだった歌だ。パシュトゥー語の歌で、こんなリフレインの箇所がある。

「恋人のためなら死ぬ覚悟はできている。しかし恋人には、祖国のために死ぬ覚悟でいてほしい」

学校で共に学び、その後ＲＡＷＡに参加したファラが、父親の選んだ男性と結婚すると知って唖然とした。ファラから婚約したと聞かされ、信じられなかった。相手はイスラム教神学校マドラサで学んでいて、ファラはその人のことをほとんど知らない。

「そんなこと、どうしてできるの？　マドラサで勉強するってことがどういうことかわかってるの？」

「マドラサに行くのは、両親の希望だからでしょ」ファラは事もなげに言った。

二人の間に愛がある――にしても、それは本当の愛だかどうだか――とは思えなかった。「あんな学校で教わっている人があなたを一人の人間として尊重してくれるって、自信持って言える？　自分が教わったことや、それをみんなに伝えようとしたことを忘れちゃったの？　あなたがこんなことになるなんて思ってもみなかった」

ファラは押し黙っていた。

ファラが十代を通して女性の権利と自由について学んだ学校とマドラサほど、大きく隔たった二つの世界はない。少なくとも、夫を選ぶのは父親ではなく自分であるべきだということはファラにもわかっていたはずだ。

ファラは自らの信条に背こうとしていた。彼女はたぶん、仕事に疲れたのだ。たぶん、命をこれ以上危険にさらす気にはなれなかったのだ。代わりに求めたのは、家があって、夫と子どもがいる普通の生活だった。

私は、子どもを産もうとは思わない。これまでの人生と難民キャンプから学んだことが一つあるとすれば、自分のお腹を痛めた子ではなくても愛せるということだ。血が繋がっているかどうかは大したことではない。重要なのは、ちゃんと育て上げて愛情を注ぐということだ。路上だけが住みかの、孤児になったり捨てられたりした子どもがそれこそ数多《あまた》いる。そのうちの一人を養子にするのもいいだろう。

シャムスが泣くのを見たことはない。両親が亡くなっていることはまだ知らない。両親がどうなったのか私たちに聞くこともない。しかし、シャムスがベッドで泣いているのを教師二人ばかりが目にしている。どうして泣いているのかと教師が尋ねても、シャムスはその理由を話さそうとはしない。シャムスがいつか両親について聞いてくるのを恐れる。もうしばらくの間、聞いてこないことを願う。

シャムスにはいつの日か、両親と一四人の姉について本当のことを知らせることになるだろう。彼が一〇歳くらいになったら、たぶん私が伝えることになりそうだ。どう話せば良いものか見当もつかない。たくさんの子が戦争で両親を失っているとか、シャムスも私も両親は取り戻せないが、自分たちの国は取り返すことができるとでも言えば良いのだろうか。私自身の両親や、両親から得たものについて話すかも知れない。しかし幸いにも私が両親と過ごした時間はシャムスよりもずっと長かったこと、教わったこともずっと多いこと、そして私にはいつも祖母がいたことは心に留めておこう。

母の白い寝巻きは自分の部屋に仕舞ってある。たまに出してみては、顔に押し当てたりする。両親や多くの人々の死に責任のある連中のことは絶対に赦さない。赦すなど、想像だにできない。この連中が法廷に立たされることになったら、両親の死だけでなく、連中がわが国で犯したあらゆる犯罪に対して罰せられるのをこの目で見てやろうと思う。

両親のことを思うとき、二人は私に何を期待していたのだろうと考える。自分のことだけしか考えない娘がほしかったはずはない。それほど度々というわけではないが、私がしていることを両親に見てもらえたらと思うことがある。これまでの人生で十分にはやり切れていないことはわかっている。そんな自分が情けなくなることもある。しかし将来、何かを成し遂げることができたらと願ってはいる。

自分が一人きりではなかったことに感謝している。両親を失ったとき、そばには祖母がいた。そして現在、祖母は私の近くにいようと、私が今でも時々活動している難民キャンプにやってきて生活している。「空っぽの家で独りぼっちだなんて嫌なのよ」キャンプに引っ越してきたとき、そう言っていた。

祖母は現在、七十代だ。今でもクルアーンを読誦していて、私が子どもの頃に使っていたのと同じ数珠を手に祈りを捧げている。しかし背中と足に痛みがあって、立ったり座ったりして祈ることはもうできない。今は座ったままで体をただ前後に揺すり、絨毯に額《ぬか》ずきながら祈っている。

私が数週間ばかりキャンプを離れると、祖母はろくに眠れなくなる。私が戻るといつも不機嫌で、腹立ちを見せつけるかのように口を利こうとしない。祖母はとても衰弱していて、疲れ切っている。私ともっと会えないなら、死んだ方がましだと少し涙ぐんで言う。祖母は毎週、私に会いたいのだ。

私は謝り、祖母のことは大好きだけれど仕事をやめることはできないと気持ちを伝える。いくらもしないうちに祖母は笑みを浮かべ、私の振る舞いを赦してくれるよう、アッラーにお願いする。手を祖母に引っ張られ、私は膝枕で頭をマッサージしてもらう。避難壕で誕生日を祝ってもらったとき、祖母から贈られた小さな赤いナイフは今も持っている。今度いつか、祖母に香水を持ってきてあげよう。

私は自分で選んだこの生き方以外、ほかの生き方を想像することはできない。カーブルやどこかほかの場所にRAWAから派遣されるとき、仕事だからということで出かけていくのではない。自分のやっていることを信じているからこそ行くのだ。この生き方を選ぶに当たってはずい分と考えた。あのときの決定に立ち戻るつもりはない。

恐怖とともに生きることを私は学んだ。危険は常に身近にあるという気持ちでいれば、恐怖は感じなくなる。

欧米を旅していても、危機的な状況にいる仲間のことが頭を離れることはない。いつもとても不安で気がふさぎ、ひどく追い詰められている感じがして、行く先々で存分に楽しむことはできない。どこも美しいところだった。子どもの頃、歴史の本で古代ローマについて読んだことがある。コロッセオの写真を見たことも覚えている。イタリアにはこれまで六回行っているが、コロッセオの中に入ったことはない。ぜひ行きたいとは思うが、今はまだそのときではない。

祖母に連れられてアフガニスタンを離れる前、私の将来はとても暗く、私にもアフガニスタンにもより良い未来など望むべくもないと思っていた。人々は長年の戦争に苦しめられ、精も根も尽きていた。ロシアは追い出したものの、原理主義者に立ち向かう気力はもはやなかった。しかし、私が学んだ学校は希望を与えてくれた。学校では、教育と男女双方の権利を尊重することによって社会を変えることができると教わった。私は二〇歳を少し回ったばかり。私の大きな望みは自分の国が再び平和になることだ。アフガニスタンでの二〇年以上に及ぶ戦いを通して、世界は原理主義の本性を理解したのだろうか。外国の軍隊が自分の国に行進してくる靴音やカラシニコフの銃声、そして人々の嘆き悲しむ声を再び耳にすることになるのだろうか。ふと、そんなことを考える。しかし、私にはわかっている、私は絶対に希望を捨てないし、自分が信じる理想――ＲＡＷＡ創設者のミーナーがその命を捧げた理想――のために闘い続けるということを。

もしも自分の国に平和が戻ったら、私は帰国してカーブルの破壊された街を歩いてみたい。太陽の光をブルカにではなく、顔に受けて歩いてみたい。過去ではなく、未来に思いを馳せたい。私が子どもの頃に遊んだ通りをシャムスに見せ、わが家に連れていって屋根の上で凧揚げの仕方を教えてあげるつもりだ。握っている糸をシャムスがうっかり放し、凧が山々の上高く飛んでいってしまったら精々からかってやろうと思う。

補章

ゾヤと初めて会ったのは、彼女がバチカン近くの小さなホテルに滞在していたときだ。二〇〇一年春のことで、彼女は資金集めの目的でイタリアに来ていた。リタ（本書の共同執筆者）はゾヤについて少し前に情報を得ていた。そしてアムネスティ・インターナショナルと、戦争犠牲者を支援するイタリアの救援組織であるイマージェンシーの助けを借りて、彼女がパキスタンにいることを突き止めていた。私たちはその後、手がけている二つの雑誌へのインタヴュー記事掲載に向けてゾヤから取材許可を得たのだった。

ゾヤとはホテルのロビーで待ち合わせた。気さくですてきな人だった。グレーの服を着て、肩まですっぽりおおうスカーフを被っていた。故国ではこのスカーフでさえ、街頭での鞭打ちから身を守ってくれないことは知っていた。

彼女のまなざしは鋭く、話しぶりは自信に溢れていた。そのため、実年齢の二三歳より年上に見えた。その気品ある物腰は、私たちに話してくれたこと――その多くが信じられないような話――とは相容れないものだった。しかし親近感が感じられ、彼女の抱く希望に共鳴していた。私たちの胸を打ったのは、その楽観的な人柄だ。ゾヤの願いは女性の大多数が非識字者の国で読み書きを教えること、男性医師の治療を受けるくらいなら女性はむしろ死んだ方が良いとされる国で病気の女性に治療を施すこと、そして「目には目を歯には歯を」を唯一の法とする国にあって正義と民主主義を語ることだった。

インタビューが終わり、いっしょに散歩できないかとゾヤに尋ねた。テープレコーダーなしで、彼女ともう少し時間を共にしたかった。雨が降っていたが、すぐに申し出を受けてくれた。彼女は雨を気にしなかった。傘をさそうともしなかった。荒れ野で亡命生活を送っていて、雨は大好きだという。ホテルに戻ると、待っていてくれと言って部屋に何かを取りに行った。プレゼントだった。黒い石が埋めこまれた手作りの鉄の箱で、中にはネックレスと指輪、腕輪、そして青のエナメルが塗られた銀のイアリングが入っていた。すべて難民キャンプで作られたものだそうだ。

少し後になって、彼女と共著というかたちで本を書くという提案を電話で伝えたところ、最初の言葉は「誰かほかの人について書いてみてはいかがですか。私には特別なことなんてないですよ」だった。ようやく求めに応じてくれた彼女の口から出たのは、アフガニスタン女性すべての苦しみを代弁する本であってほしいということだった。ゾヤがローマの私たちのところにやってきて、ついに彼女の人生について話を聞くことができた。彼女の居場所について知っていたのは、ごく近しい人だけだった。安全のためだ。

話に耳を傾けながら、ゾヤの世界に引きこまれた。ブルカの息苦しさを彼女とともに感じた。

ターリバーンの鞭がうなりを上げ、空気を引き裂くのを聞いた。そして、息子を失った母親の涙を見た。しかしゾヤには人を引きつけるユーモアのセンスがあって、イスラム原理主義者支配下での生活の滑稽な側面について笑わされもした。

この本が上梓されるに当たり、お力添えいただいた次の方々に感謝申し上げる。イマージェンシーのクリスティーナ・カッタフェスタとエドアルド・バイ、アムネスティ・インターナショナルのルカ・ロプレスティ、遅筆を辛抱強く見守ってくれた上司のショーン・ライアン、パオロ・パレスキ、そしてカミロ・リッチ、インタヴューテープを急ぎ起こしてくれ、応援してくれたアン・キーフ、熱心にプロジェクトを後押ししてくれた出版社のマイクル・モリソン、飛行機で駆けつけ、ラストスパートを共にしてくれたクレア・バクテル、最初の段階から舵取りをしてくれたクレア・アレクサンドレ、そして温かく力づけてくれた家族に。

いずれカーブルにゾヤを訪ね、胸に描いていた人生を歩んでいる彼女に会えることを願っている。

二〇〇二年一月　ローマにて

ジョン・フォーリン

リタ・クリストーファリ

年表

一八三九～四二年	第一次イギリス・アフガニスタン戦争。
一八七八～八〇年	第二次イギリス・アフガニスタン戦争。アフガニスタンが外交権をイギリスに委ねる。
一八八〇～一九〇一年	アブドゥル・ラフマーン・ハーン国王がアフガニスタンを制圧。アフガニスタンの現在の国境が画定する。
一九三三～七三年	ムハンマド・ザーヒル・シャー王の統治。
一九五九年	ダーウード首相および、他の政府高官が、ヴェールを脱いだ夫人や娘を同伴して独立記念祭に現れたことで、宗教指導者に率いられた暴動を誘発。
一九六四年	男女の法的平等を謳う憲法が一層の社会的不安を呼ぶ。
一九七三年七月	ナポリで病気療養中のザーヒル・シャー王が、ダーウードによるクーデターで失脚。
一九七八年四月	マルクス・レーニン主義者による軍事クーデター。アフガニスタン人民民主党が政権を掌握。
一九七九年一二月	ソビエト軍のアフガニスタン侵攻。ムジャヒディーン戦士がソビエトとの戦いに突入。
一九八六年二月	ソビエトの指導者ミハイル・ゴルバチョフがアフガニスタンを「出血の止まらない傷」と称し、ソビエト軍の撤退を示唆。
一九八九年二月	ソビエト軍撤退。
一九九二年四月	ムジャヒディーン政府がカーブルを掌握。ナジーブッラー大統領が国連施設に避難。

一九九三年	ラッバーニー大統領と原理主義ムジャヒディーン指導者グルブディーン・ヘクマティヤールとの戦闘で、市民が一万人ほど殺害される。
一九九四年一一月	ターリバーンがカンダハールを制圧。
一九九五年九月	ターリバーンがヘラートを制圧。
一九九五年一一月	ターリバーンがカーブルに砲撃を加えるも、政府軍に押し返される。
一九九六年九月	ターリバーンがジャラーラバードとカーブルを制圧。ターリバーン、ナジーブッラーとその弟を絞首刑に処す。
一九九八年八月	ウサーマ・ビン・ラーディンがケニヤおよび、タンザニアのアメリカ大使館爆破関与の責を問われる。ムラー・オマルがビン・ラーディンに保護を与えることを誓約する。アメリカの巡航ミサイルがジャラーラバードとホーストのビン・ラーディン野営地を攻撃。
一九九九年六月	ＦＢＩがビン・ラーディンを最重要指名手配犯一〇人のリストのトップに載せる。
二〇〇一年一月	ターリバーンがおよそ三〇〇人をヤカオランで虐殺。
二〇〇一年三月	バーミヤーン渓谷の大仏二体をターリバーンが破壊。
二〇〇一年九月	ウサーマ・ビン・ラーディンが世界貿易センタービルおよび、ペンタゴンへの飛行機による攻撃の責を問われる。
二〇〇一年一〇月	アメリカ合衆国とイギリスがアフガニスタンにおけるアルカイダとビン・ラーディンの組織に対する空爆を先導。
二〇〇一年一一月	北部同盟がカーブルを制圧。

訳者あとがき

二〇二二年一〇月一三日、東京新聞に「故中村医師の功績をたたえ」と題した記事が掲載されました。

【カブール＝共同】アフガニスタンやパキスタンで農業や医療支援に携わり、アフガン東部ジャララバードで二〇一九年十二月に殺害された中村哲医師＝（当時七三）の功績をたたえるため、事件現場の近くに「ナカムラ」と名付けられた広場が完成し、式典が十一日に行われた。イスラム主義組織タリバン暫定政権の関係者や市民が参加し、中村さんの死を悼んだ。地元メディアが十二日報じた。

事業費は約五百万アフガニ（約八百六十万円）で、ほほ笑む中村さんの名前を記した碑を設置。崩壊した旧民主政権時に計画され、昨年八月のタリバンによる実権掌握で一時停止したが、タリバン暫定政権が中村さんの活動を評価し再開した。

中村医師については本書に登場するＲＡＷＡ《ラワ》（アフガニスタン女性革命協会）のＨＰにも「抑圧された大衆の真の友は日本での何不自由のない生活を離れ、わが国の貧困に喘ぐ人々のために三十年間を捧げた」と、その非業の死を追悼する記事が掲載されています。しかしターリバーン暫定政権の関係者も参加したというこの式典でお披露目された記念碑はいかにもいわくありげ（偶像崇拝が禁止されているターリバーン暫定政権下にあって、碑には「ほほ笑む中村さん」の大きな顔写真が使われている）で、思惑が透けて見えるというものです。用水路建設に留まらず、広く農業分野での支援を期待して日本にすり寄ろうとしているのではないかと勘ぐりたくなります。

さて前掲の記事には「崩壊した旧民主政権」という表現が使われていますが、果たしてカルザイ政権（二〇〇四〜二〇一四）とガニ政権（二〇一四〜二〇二一）は民主という名にふさわしい政権だったのでしょうか。

その辺り、ＲＡＷＡのＨＰから広報担当のゾヤによるメディアでの発言をいくつか拾ってみます。

二〇〇六年一〇月一一日

カルザイはアフガニスタン民衆の希望と期待に背を向け、自身の公約を果たしていません。悪名高き原理主義者の軍閥に妥協して彼らを政府高官に任命したことによって、カルザイは根本的で前向きな変化をもたらすことができなかったのです。

二〇〇九年一〇月七日

原理主義者の司令官や殺し屋、軍閥、戦争犯罪者たちは大きな力を持ち、今日政府の要職に就いています。ですから、アフガニスタンにおける原理主義者の支配は、私たちの歴史の中で最も暗い時期だと言えるでしょう。

二〇〇九年一〇月十四日

今回の大統領選挙（二〇〇九年八月）を「民主主義をあざけるもの」と形容したゾヤは、現在のアフガニスタン政府にはいくつかの問題があるとしてこう言い放ちました。「有権者の脅迫と汚職が今回の選挙の特徴であり、新しい指導者が変化をもたらすとは思えません。ペルシャの諺にあるように、『同じロバに新しい鞍をつけただけ』なのです」と。

二〇〇九年一〇月一九日

今回の選挙について、ゾヤは捏造であり詐欺だとしています。「ＲＡＷＡはこの選挙を非難しました。選挙は麻薬王によって支配されたのです。誰が投票したかではなく、誰が票を数えているかが肝心なのです。ターリバーンが投票箱を支配しているのです」

二〇一三年五月二三日

正確に何パーセントかを示すのは困難です。しかし国会議員全員が軍閥（一九九二年から一九九六年の間に行なわれた犯罪に直接関与した者）ではないにしても、資金面・軍事面で軍閥を支援した人たちであることは間違いありません。それ故、国会議員の大多数は原理主義者と親原理主義者で構成されていると言えるのです。カルザイはアメリカの操り人形です。彼のことは、誰も何も信じていません。賄賂で私腹を肥やしているだけです。

以上からカルザイ、ガニ政権はそもそも、政権自体に原理主義者が深く巣くう、民主政権とは名ばかりのものであったことが窺い知れます。

ターリバーンは二〇二一年八月の復権以降、女性問題省の廃止と勧善懲悪省の復活・ヒジャブ着用・むち打ち刑復活・公開処刑復活・女子教育は小学校以外禁止・女性のNGO出勤禁止・女子中等教育再開の撤回・美容室閉鎖・音楽活動を含む娯楽の禁止など、またしてもいつか来た道をたどっています。

二〇二三年三月、「RAWAと連帯する会」の代表がアフガニスタンを訪れました。現地に入った当会の代表は、会の機関誌Zindabad《ジンダバー》 Democracy《ディモックラスィ》（ダリ語で「民主主義万歳」の意）第三九号にRAWAの専従メンバーによる状況説明を報告しています。

「リスク等を考えてRAWAを辞めた／辞めざるを得なかった者（海外退避した者を含む）もいますが、RAWAは組織としては海外退避ではなく、現地で闘う道を選びました。そこに新しいメンバーが加わり、以前同様に屋内外で各種の集会やデモをやったり（銃で殴られる等の暴力的な鎮圧・逮捕勾留の可能性といった大変な危険をともなう）、小学校の運営を継続したり（RAWAと連帯する会が財政支援）しているほか、識字教室・隠れ学校・補習塾（英語、数理）の運営、サフランプロジェクト（女性の所得向上のため）、移動クリニック、貧困家庭への食料配布の活動をしています。ターリバーンにより家宅捜査が定期的に行なわれているため、関連資料の保管には大変気を遣っている」

「これまで長い間ＲＡＷＡの活動にかかわってきたが、自分にはこの一年半が最も苦しかった。いまこそ闘うべきなのに、知識人をはじめ、教育を受けたたくさんのアフガン人が国を去った。メディアは希望無しの国家だという。でも、ここに残り、闘う決意をした我々がやっていることは小さいかもしれないが、最大限できることをやっている。なぜいまのような状態になったのか、その根本的な原因を問うべきではないのか」

一九七七年の設立からおよそ半世紀、民主主義の確立を目指すＲＡＷＡの過酷な闘いは今も地を這うように続いています。本書のゾヤは、存命なら現在四〇代半ば。「もしも自分の国に平和が戻ったら、私は帰国してカーブルの破壊された街を歩いてみたい。太陽の光をブルカにではなく、顔に受けて歩いてみたい」というゾヤの思いが叶うことを切に願ってやみません。

「ＲＡＷＡと連帯する会」の清末愛砂さん（室蘭工業大学）には、本書の翻訳を進める上で数々のご教示とご助言を賜りました。感謝申し上げます。

著者

Zoya（ゾヤ）
アフガニスタンからパキスタンに亡命し、アフガニスタン女性革命協会（RAWA）に参加。ターリバーンの圧政に立ち向かう活動に身を投じる。

John Follain（ジョン・フォーリン）
イギリス『サンデー・タイムズ』海外特派員。

Rita Cristofari（リタ・クリストーファリ）
国連と国境なき医師団の広報官。パリでフランス２テレビとイタリアの通信社に勤務。

※原著刊行当時（2002年）の情報です。

翻訳者

泉 康夫（いずみ・やすお）
1953年生まれ。武蔵大学人文学部卒。
著書に『タフな教室のタフな練習活動－英語授業が思考のふり巾を広げるには－』、『世界の現場を見てやろう－映像と長文で広げる英語授業のふり巾－』（以上、三元社）。
訳書に『橋の下のゴールド スラムに生きるということ』、『ジョーイ あるイギリス人脳性麻痺者の記憶』、『慈悲の心のかけらもない　あるユーラシア人女性の抗日』、『ちっちゃな捕虜　日本軍抑留所を果敢に生きたノルウェー人少女のものがたり』（以上、高文研）。

ゾヤの物語 自由を希求するアフガニスタン女性の闘い

● 2024年6月15日 ――――― 第1刷発行

著　者／ゾヤ、ジョン・フォーリン、リタ・クリストーファリ

訳　者／泉　康夫

発行所／株式会社 高 文 研

東京都千代田区神田猿楽町2-1-8　〒101-0064

TEL 03-3295-3415　振替 00160-6-18956

印刷・製本／中央精版印刷株式会社

★乱丁・落丁本は送料当社負担でお取り替えします。

ISBN 978-4-87498-882-4　C0036